C O N T E N T S

雷と雨傘

雨降る夜空に花が咲く。

玄関先で広げた傘を見上げ、和子（かずこ）は無言で顔をしかめた。赤い傘には大きな花の模様が描かれていて、これをさして帰るのかと思うと気が重い。だが、傘を貸してくれた相手の親切を無下にするのも申し訳なく、溜息（ためいき）を呑（の）み込んで雨の中に足を踏み出した。

料理教室からの帰り道はすっかり夕闇に包まれている。いつもは高校時代の友人たちと一緒に帰るのだが、今日は調理の後片づけに手間取って支度が遅れてしまった。間の悪いことに雨まで降り出し、結構な雨脚を前にどうしたものかと思案していたら、料理教室の先生がこの傘を貸してくれたのだ。

赤い傘をさして歩く和子の歩調は自然と速まる。普段は父親が使い古した大きな紺色の傘など使っているため、こんな華やかな傘の下は居心地が悪い。

傘に限らず、和子は堅実質素を好む。二十歳になっても化粧っけはなく、産毛の残る項（うなじ）に仄（ほの）かな石鹸（せっけん）の匂いだけ漂わせ、高校の制服と代わり映えのしない紺色のワンピースばかり着ている。胸まで伸ばした髪だって、ゴムで素っ気なく一本に束ねているだけだ。

足早に歩いていると、どこかの家から子供の笑い声が響いてきた。お盆を過ぎて夜はますます蒸し暑く、せめて涼を入れようと窓を開け放っているのだろう。笑い声に交じってテレビの声も薄く流れてくる。

明仁皇太子の結婚パレードが行われた頃、テレビはまだまだ高嶺の花で、当時小学生だった和子も母方の親戚の家へテレビを見せてもらいに行った。けれど六年前に行われた東京オリンピックを境に、テレビを所持している家庭が一気に増えた。和子の家も、オリンピックを機にテレビを買ったものだ。

（綾子叔母さんも、最近テレビを買ったたって自慢しに来てたっけ）

猫のような気まぐれさで和子の家に立ち寄る叔母の顔が頭を過り、無意識に眉根を寄せたところで背後から車のエンジン音が聞こえてきた。

近づいてきたのは一台の軽トラックだ。さほどスピードも出ていなかったので傘を傾けることもしなかったのだが、すれ違い様、思いがけず盛大に車が泥水を跳ね上げた。舗装されていない道なので轍に水たまりでもできていたのだろう。暗がりでよく見えないが、スカートが泥水でびしょ濡れになったことだけはわかった。

立ち止まって溜息をついたら、和子の傍らを通り過ぎた軽トラックが止まった。ヘッドライトはつけたまま、運転席から慌ただしく人が降りてくる。

「すみません！　洋服が汚れませんでしたか！」

若い男性の声が雨音に交じって響く。和子は傘の縁から顔を出そうとしたものの、手にしているのが赤い花柄の傘だと思い出し、慌てて傘の裏に顔を隠した。もし相手が近所の人間だったら、こんな派手な傘をさしているところを見られるなんて決まりが悪い。俯いて「大丈夫です」と答えたが、相手は引き下がるどころかいっそう和子に近づいてきた。

「でも、かなり勢いよく泥水を跳ね上げてしまって……」

「いえ、本当に、お気遣いなく」

そそくさとその場を離れようとしたそのとき、上空で低い雷鳴がとどろいた。そのうちぴかりときそうだな、などと頭の片隅で考えた直後、夜空を一瞬の閃光が駆け抜ける。

まばゆい光が辺りを照らすのと、空を揺るがすような轟音が鳴り響いたのはほとんど同時だ。耳を裂くような大音量に驚いて、とっさに片手で耳をふさいでしまった。そばにいた男性もさすがに驚いたのか、片腕で顔を覆うような仕草をする。

「か、雷……？」

和子がこわごわと顔を上げたところで、再び夜空が光った。

今度は耳をふさぐだけの余裕もなかった。夜空を左右に割くように、太い雷が地上めがけて落ちてくる。それは一瞬の光景だったにもかかわらず和子の目に焼きついて、槍のような雷光が地上に刺さる瞬間すら見えた気がした。

間を置かず、耳を圧する爆音が辺りに響き渡る。鼓膜はもちろん、腹の底までびりびりと震えるようだ。光に目が眩(くら)んですぐには周囲の光景が目に入ってこない。何度も瞬(まばた)きを繰り返していると、雨音に交じって傍らにいた男性の声がした。

「――落ちた。神社の方だ」

とっさにこの近くにある神社が頭に浮かんだ。和子が子供の頃から何度も遊びに行っていた馴染(なじ)みの神社だ。まさか御神木にでも直撃したか。あるいは本殿に落ちたのか。この雨だから火事にはならないと思うが、万が一ということがある。

「見てきます」

言うが早いか、和子は傘を持ち直して神社へ向かう。背後から男性に呼び止められたが、振り返らずに走り去った。

もと来た道を数メートルほど戻り、角を曲がって少し走れば神社はすぐそこだ。鳥居の向こうに参道が伸び、左右に手水舎(ちょうずや)や灯籠(とうろう)が並んでいる。

境内は薄暗い。社務所は一応あるのだが、夜になれば誰もいなくなってしまう小さな神社だ。見たところ、雷が直撃したような形跡はない。御神木も拝殿も無事で、ほっと胸を撫(な)で下ろす。

念のため拝殿の前まで行ってみたが、明かりがないのでよく見えない。いっそもう一度くらい雷が光ってくれないだろうかと思っていたら、背後からぱっと明かりがさした。振り返れば、鳥居の前に先程の男性が乗っていた軽トラックが止まっている。ヘッドライトで参道から拝殿まで照らしてくれているようだ。

車から降りてくる男性に会釈をしようとして、和子はぎくりと動きを止めた。

拝殿に昇る階段の途中に、誰かいる。

ぎゅっと傘の柄を握りしめてそちらに視線を向けた。階段に腰掛け、回廊に突っ伏すようにして座っているのは、女性、だろうか。ゆったりとした白いズボンに、黒い半袖のシャツを着ている。髪は短く、肩につくかつかないかといったところだ。拝殿の庇(ひさし)の下にいるせいか、体はさほど濡れていないようだった。

ぐったりとして動かない女性に「あの」と声をかけてみるが、返事はない。

近づいて肩を揺さぶって、ようやく相手が意識を失っていることに気づいた。どうしたものかとうろたえていると、先程の男性も拝殿までやってくる。

「どうしました。この女性は？」

「わかりません。私が来たときにはもう、ここに……。まさか、雷に打たれて……？」

「だったら大火傷(おおやけど)を負っているでしょう。雷に驚いて気を失っただけかもしれません」

屈(かが)み込み、女性の呼吸が安定しているのを確かめると、男性は辺りを見回した。

「とりあえずどこかに運ばないと。軒下とはいえここでは雨も吹き込んできますし」

「だったら、うちが近いです」

和子の自宅はこの神社から歩いて五分もかからない。近所には診療所もあるが、ここからだと三十分はかかる距離だ。医者を呼んでこようとすれば往復でもっと時間がかかる。

和子は意識を失った女性の腕を摑(つか)むと、ぐったりした体を引き起こして自身の背中に担いだ。そのまま立ち上がろうとするが、意識のない人間はたとえ女性といえども、泥の詰まった麻袋のようにずっしりと重い。

それでも和子は歯を食いしばって立ち上がる。中学生の頃は二つ年下の弟だって楽々背負えていたのだ。どうにかなる、とよろける足で歩き出したところで、傍らで様子を見ていた男性に腕を摑まれた。

「無茶しないでください、俺が運びますよ」

男性は和子から女性を引きはがすと、軽々と背中に担いで軒下から出てしまう。慌てて後を追って男性に傘をさしかけると、暗がりに男性の笑いを含んだ声が響いた。

「びっくりした。隣に俺がいるのに、まさか自分で担ごうとするなんて」

「……すみません、女性なら私でも運べるかと思って」

勇んで背負ったはいいものの、結局一歩も動けなかった。ふがいない自分が恥ずかしくて俯いたが、男性はそんな和子をからかうでもなく言う。

「いや、まずは自分で動こうとするその心がけに恐れ入りました。自分もかくありたいものです」

威圧感のない、穏やかな声だった。和子は男性に傘をさしかけながら、改めてその姿を盗み見る。襟のついた白いシャツに紺のズボン、身なりはさっぱりと清潔だ。すっかり雨で濡れた髪も、きちんと切り揃（そろ）えられている。少し下がり気味の目元は優しい雰囲気を漂わせ、鼻も高い。この辺りではちょっとお目にかかったことのないハンサムな男性だ。場違いな感想だとは思いつつ、自然と目線が吸い寄せられる。

男性は和子の視線に気づかぬ様子で、大股で鳥居をくぐって軽トラックの横に立った。

「貴方（あなた）の家はここからどのくらいです？」

「急げば三分ほどです」

「だったらこのまま背負っていきましょう。実はね、助手席まで荷物でいっぱいで、この人を乗せる場所がないんです」

言われて車の中を見ると、確かに助手席にまで段ボール箱がうずたかく積まれていた。

男性はヘッドライトを消して車に鍵をかけると、女性を背負って夜道を歩き始める。和子も必死で二人に傘をさしかけ自宅を目指した。

空ではまだゴロゴロと不穏な音がしている。また雷が落ちたら、と思うと気が急（せ）いて、和子も男性も示し合わせたように無言で歩いた。自宅に着く頃には和子はもちろん、傘をさしかけていたはずの男性も、その背に負われた女性も全身びしょ濡れになっていた。

がらがらと玄関の戸を開けた和子は、家の奥に向かって声を張り上げる。

「お母さん！　来て、すぐに来て！」

すぐに廊下の奥から母の芳江がやってきた。夕食の準備でもしていたのか、濡れた手を前掛けで拭いながら現れた芳江は、ずぶ濡れの和子を見てまず目を見開き、その後ろにいる見知らぬ男性と女性を見て、うろたえたように一歩後ろへ下がった。

和子は男性を手招きして玄関内に入れながら、手短に芳江に説明をする。

「この女の人が近くの神社で倒れてたの。気を失ってるみたいだから、目を覚ますまでうちで介抱してあげようと思って」

和子に促された男性が、気を失った女性を上がり框に下ろす。男性は芳江のもの言いたげな視線に気がついたのか、濡れた前髪もそのままに軽く笑った。

「俺はたまたま近くにいたので、お手伝いさせていただきました」

「あら、まあ、そうでしたか」

「お母さん、それより何か拭くもの持ってきて」

芳江はようやく我に返ったような顔をして、あたふたと家の奥へと戻っていく。

上がり框に横たえられた女性はまだ目を覚ます気配がない。和子と男性は服の裾から水を滴らせ、どちらからともなく互いに目を合わせた。

「全員びしょ濡れですね」

のんびりとした口調で言って、男性は濡れた前髪をかき上げる。笑うと目元に皺が寄って、感じのいい笑顔だな、と思った。けれど、身内以外の男性と気さくに口を利いたことのない和子は上手く笑い返すことができず、表情を隠すようにぎくしゃくと頭を下げた。

「あの、こんなところまでわざわざ、ありがとうございました。今、母が何か拭くものを持ってきますから。よければ着替えも……」

「いや、とんでもない。俺はもう行きますから大丈夫です」

「でも、お礼に……」

「そんな大層なことはしてませんから。それより、服は大丈夫でしたか？　泥水を跳ねてしまったでしょう」

「泥ならこの雨ですっかり流れてしまいましたから、お気になさらず。もともとこんな色の服ですし、どこに泥がかかったかわからないでしょう」

和子の言葉が終わらぬうちに、家の奥から和子の父親の声がした。今日はもう仕事から帰ってきていたらしい。その声を聞いて男手は足りていると判断したのか、男性が玄関の戸に手をかける。

「それでは、俺はこれで。車も置いてきてしまったので」

「あの、でも、せめて拭くものを……」

「どうせまたすぐに濡れますから」

男性はおどけたような顔で笑い、最後に一つ会釈をすると、雨の降り続く外に出ていってしまった。

追いかける間もなく、奥から芳江と、父の一鉄（いってつ）が現れた。一鉄はびしょ濡れの和子と、上がり框に横たわる女性を見て何事かと眉根を寄せる。

「なんだ、和子の知り合いか？」

「知らない人だけど、神社で倒れてたの。放っておくわけにもいかないし」

雨の中を出ていってしまった男性も気になったが、今はそれどころではない。一鉄に手伝ってもらい、二階の客間に女性を連れていく。芳江が女性の濡れた服を着替えさせている間、和子は再び家を出て近所の医者の家へ向かった。

雨はすでに小雨になって、雷の音ももう聞こえない。

夜道に視線を走らせてみたが、もうどこにもあの男性の姿は見当たらなかった。

夜分にもかかわらず診察カバンを抱えて和子の家までやってきた医者は、二階の客間で寝かされている女性を診察して「特に異常なし」との診断を下した。熱もないし、呼吸も安定している。目が覚めたら帰してしまって構わないとのことだ。

医者が帰った後、和子は遅めの夕食を取るため一階の居間に向かった。居間では父の一鉄が食事をしていて、ちゃぶ台を挟んだ向かいで祖父の元太（げんた）が晩酌をしている。

母の芳江もやってきて、和子の前に白米と味噌汁（みそしる）をついでくれた。

「具合はどうなんだ」

　味噌汁をすすっていた一鉄が出し抜けに言う。父はいつだって言葉が極端に足りない。慣れっこなので、二階の女性のことだろうと見当をつけて答えた。

「特に異常はないみたい。目が覚めたら帰していいって」

「帰るって、この近くの子なのか？」

「わからない。見たことのない顔だけど……。お母さん知ってる？」

「私もちょっとわからないわ。この辺の子じゃないのかも……」

　和子たちの会話を遮るように、それまで沈黙していた元太が一つ咳払いをした。たちまち会話は断ち切られ、全員の視線が元太に集まる。

　元太は猪口を口に運びながら、しかめっ面で呟いた。

「犬や猫じゃあるまいし、簡単に他人を家に上げるんじゃない」

　しゃがれた声には独特の威圧感がある。外から嫁いできた芳江はもちろん、息子の一鉄でさえ元太には口答えしない。今は家を出ている和子の兄や弟も右に倣えで、元太の前ではいつも俯いていた。

　そんな元太に果敢に言い返すのは、いつだって和子だけだ。

「だからってあんな雨の中、放っておくわけにはいかないでしょう」

　目の端で芳江がぎくりと肩を強張らせるのを捕らえたが、気づかないふりで口いっぱいに白米を頬張った。元太はじろりと和子を睨み、ふん、と鼻から息を吐く。

「放っておけばよかったんだ」

「行き倒れの人を放って帰ったなんて、近所でそんな噂が立ってもいいの?」

「この雨じゃ誰も見とらん」

「わからないじゃない。お祖父ちゃんなんてその場にいなかったくせに」

「生意気ばかり言って」

「今に始まったことでもないでしょう」

「和子、やめなさい」

さすがに芳江に止められた。あまりやりすぎると、後で芳江が「お前のしつけがなってない」などと元太から責められるのを知っているだけに、和子もむすっとして口をつぐむ。

一鉄は我関せずと無言で食事を続けるばかりだ。

和子は食事を終えると早々に席を立ち、二階へ上がった。

二階には部屋が五つある。廊下を挟んで右手に三部屋、左手に二部屋。数年前までは、右手に並んだ三部屋を和子、兄、弟の三兄弟がそれぞれ使っていたのだが、兄と弟は数年前に家を出てしまった。空いた和室は客間扱いになっている。

廊下を挟んだ向こうの二間は襖で仕切られているが、開け放てば二十畳近い広々とした広間になる。新年に親戚が集まるときは、ここで宴会をすることもあった。

神社で倒れていた女性は、和子の部屋の隣にある右手の角部屋で眠っていた。濡れた服は着替えさせられ、代わりに和子の浴衣（ゆかた）を着て布団に入っている。

襖を開けて中の様子を窺（うかが）っていると、廊下の明かりが射（さ）し込んだせいか、女性が微（かす）かに眉を寄せた。瞼（まぶた）が震え、ゆっくりと目が開く。

和子は慌てて部屋に入ると女性の枕元に膝をついた。そっと顔を覗（のぞ）き込んで相手と目を合わせる。和子と同年代だろうか。化粧っけはなく、頬に薄くそばかすが浮いている。

やはり見覚えのない顔だ。それでいて、不思議と親近感の湧く顔でもあった。取り立てて特徴はないのだが、遠い親戚と出会ったような懐かしい気分になる。

「大丈夫？　気分は？」

年も近そうだったので、自然と砕けた口調になった。

相手は何度も目を瞬かせ、ようやく意識がはっきりしてきたのか横たわったまま忙（せわ）しなく視線を動かし始めた。

「わ、私……あれ、どうして、ここは……？」

どうやらひどく混乱しているようだ。室内を見回す顔が緊張で強張っている。

「貴方、近くの神社で倒れてたの。覚えてる？　この辺りの人じゃないみたいだけど、どこから来たの？」

相手は相変わらず視線を揺らしながら、どこ、と和子の問いを繰り返した。

「い、一応、生まれも育ちも東京、のはず、ですけど」

「東京！　やだ、都会の人じゃない！」

思わず声を大きくすると、相手は和子以上に驚いた顔で目を丸くした。

「え、ここ、東京じゃない……？」

「違うよ、ここは山梨」

暗がりの中、女性が絶句する気配がした。

相手の意識が戻ったのならもう明かりもつけていいだろうと、立ち上がって天井からぶら下がった電気の紐を引っ張った。室内が明るくなって、女性もふらふらと布団から起き上がる。

「アパートの近くの神社にいたはずなのに、山梨……？　家を出たのはお昼頃だったはずだけど、もう夜……？　ていうか、なんで山梨？」

ぶつぶつと独り言を呟いている女性の傍らに膝をつき、和子は相手の顔を覗き込む。

「名前、教えてもらってもいい？」

女性は我に返ったような顔をすると、居住まいを正して口を開いた。

「原田弥咲です」

「私は三峰和子。敬語なんて使わなくていいよ。同じくらいの年でしょう？」

ようやく名前の知れた弥咲に向かって笑いかけると、緊張しきりだった弥咲も少しだけ肩の力を抜いてくれた。

　神社で倒れていた弥咲を家まで運んで寝かせていたことを伝えると、弥咲は恐縮しきった様子で何度も和子に礼を言った。しかし自分がどうしてこの土地にいるのかは一向に納得できぬ様子で、難しい顔で腕を組んでしまう。

「おかしいな、お昼頃まで確かに東京にいたのに。半日以上気を失っていた理由もよくわからないし……。あ、今日は八月二十一日で合ってるよね？」

「合ってるよ。二十一日の金曜日」

「じゃあやっぱり気を失ってたのは半日だけ――待って、金曜日？」

　何かに気づいたような顔をして、急に弥咲が身を乗り出してきた。

「今日は土曜日でしょ？　だから会社も休みで昼から外なんてぶらついてたんだから」

　詰め寄られ、和子はきっぱりと首を横に振る。料理教室は毎週金曜日だ。教室の帰りに弥咲を発見したのだから間違えるはずがない。しかし何度同じ説明を繰り返しても弥咲は納得せず、仕方なしに和子一人で階段を下りて茶の間へ向かった。

　すでに元太は自室に戻っていたので、両親に弥咲が目覚めたことだけ簡単に告げ、今日の新聞を手に二階に戻る。これを見れば嫌でもわかるだろうと新聞を手渡すと、弥咲の顔が一瞬で青ざめた。目覚めた直後と同等か、それ以上に強張った顔で、和子に向かって
「冗談……？」と尋ねてくる。

「冗談って？　何が？」

「だって、これ……この新聞、日付のところ……」

「八月二十一日の金曜日で合ってるでしょう？」

「じゃなくて！　昭和四十五年⁉」

和子は目を瞬かせる。弥咲が何にこれほど驚いているのかわからない。

「四十五年だよ。まさかまだ四十四年だとでも思ってたの？」

「そ、そうじゃなくて……。本当に……？」

手にしていた新聞を力なく膝に置いた弥咲は、はっと息を呑んで慌ただしく室内を見回した。鴨居（かもい）にぶら下がっていた自分の濡れた服に気づくと、勢いよく立ち上がってズボンのポケットに手を突っ込む。そこから弥咲が取り出したのは、掌（てのひら）に収まる大きさのかまぼこ板のようなものだ。板の表面はつるりとして黒い。弥咲は必死の表情で板の表面を指先で叩（たた）いていたが、やがて力尽きたようにその場にしゃがみ込んだ。

「駄目だ、スマホの電源が入らない……」

「スマホ？　そのかまぼこ板のこと？」

振り返った弥咲の頬は驚くほど青白い。のろのろと和子の方に体を向け、両手で黒いかまぼこ板——ではなく、スマホとやらを握りしめた。

「私……れ、令和から、きた……みたい」

「令和？　令和市ってこと？　東京にある街？」

弥咲は息を呑み、何か言おうと唇を戦慄（わなな）かせたが、結局何も言わず項垂（うなだ）れてしまった。

「……ごめん、私も、なんて説明したらいいのか」

弥咲の声からみるみる力が抜けていく。顔色も悪い。

「大丈夫？　ご飯とか食べられそうなら持ってくるけど……」

無言で首を横に振る弥咲の肩に手を置いて「今日のところはゆっくり休んで」と声をかける。子細はよくわからないが、何やらわけありのようだ。

布団に入ってもなお弥咲はスマホとやらを握りしめている。よほど大事な物なのだろう。その表情は思い詰めていて、このまま部屋を出るのは気が引けるほどだ。

「私の部屋、隣なんだけど、よかったら今夜はこっちの部屋で眠ろうか？」

声をかけると、布団から目を上げた弥咲に、無言で小さく頷（うなず）かれた。子供じみた仕草を見たらますます放っておけず、和子は早速隣の自室から布団を持ってきて弥咲の布団の横に延べた。

「明かり消すよ。机のランプはしばらくつけておくから」

弥咲に一声かけてから明かりを落とし、部屋の隅に置かれていた文机（ふづくえ）の前に腰を下ろす。机の上のランプをつけると、室内に淡い橙色（だいだいいろ）の光が広がった。

自室から持ってきた便箋を文机に広げてペンを手に取ると、布団の中から弥咲がか細い声で「何をしてるの？」と尋ねてきた。

「手紙を書こうと思って」

「手紙なんて珍し……くはないのか。メールもないんだし。友達にでも出すの？」

「ううん、化粧品会社に送るの」

自然と和子の声が小さくなる。階下にいる両親の耳には届かないだろうとわかっていても、気になった。

「私ね、自分のお店を持ちたいの」

両親はおろか、友人たちにすら打ち明けていなかった計画をふと漏らす気になったのは、夜のせいだろうか。あるいは弥咲が、この辺りの人間ではなかったせいかもしれない。伝えたところで近所の噂にもならないだろうと思えば自然と口が軽くなった。

「できれば化粧品を売りたくて。化粧品といったらやっぱり、花精堂でしょう？　だから花精堂に手紙を出したの。お店を始めますから、そちらの商品を売らせてくださいって。一か月くらい前だったかな。でも返事が来ないから、二通目を送るところ」

「花精堂って、めちゃくちゃ大手じゃん。手紙を送れるような知り合いでもいるの？」

「いないよ。お客様窓口宛てに送ったの」

「メンタル凄いね？」

耳馴染みのない言葉を怪訝に思い、「麺？」と言いながら振り返る。弥咲は「あ、そうか」と口の中で呟いて、必死で言葉を探し始めた。

「いや、えーと、その若さでお店をやろうって気概にびっくりしてさ。もしかして実家がお店をやってるとか？」

「やってないよ。お父さんは鉄道会社に勤めてる。家族にもこんな話したことないし」

「そんな状態で一から始めるってこと？　本気で？　昭和四十五年に、女の子がたった一人でお店なんて――」

なぜ昭和四十五年を強調するのだろうと不思議に思っていたら、唐突に弥咲が言葉を切った。沈黙ののち、あの、と恐る恐る声を出す。

「貴方の名前って、確か……」

「和子だよ。三峰和子」

弥咲の顔に驚愕（きょうがく）の表情が走った。と思ったら、今度は布団の中で何やら指折り数え始める。

「和子さんって、今いくつ？」

「和子でいいよ。今年で二十歳。弥咲は？」

弥咲はぶつぶつと計算をしながら、「二十三」とうわ言のように答えた。どこか頼りない風情だったのでてっきり年下かと思ったが、三つも年上だった。

「昭和四十五年に二十歳……ってことは、五年以内に結婚したとして……？　お母さんは今年四十八だから……ちょっと早い？　いや、誤差の範囲内か。そもそも和子って名前だし。うわ、マジか……」

何やら深刻な顔で呟いていたと思ったら、弥咲がまっすぐこちらに目を向けてきた。思いがけず真剣な表情にたじろいで、どうしたの、と声をかける。

「いや、びっくりして。凄いな、本当だったんだ」

「何が？」

「貴方という人が存在していたことが」

不思議な言葉を口にして、それきり弥咲は黙り込んでしまう。何か必死で考えている様子だったので、邪魔をしないよう和子も口をつぐんだ。

しばらく手紙を書くのに集中していると、背後から柔らかな寝息が響いてきた。振り返れば、薄暗い室内で弥咲がすっかり寝入っている。考え事をしているうちに眠くなってしまったのかもしれない。和子より年上なのに、子供みたいだ。その手には相変わらず黒い板が握りしめられていた。これが命綱だとでも言いたげに。

（一体、どういう人なんだろう）

今のところ、わかっているのは弥咲の名前と年齢、それから東京で暮らしていたということだけだ。妙に言葉を濁していたが、何か言いにくい事情でもあるらしい。

詳しい話は明日にでも訊いてみようと、和子は書きかけの手紙に顔を戻した。

そのうちやろう、と思いながらも、なかなか実行できないことはある。

例えば録り溜めしておいたドラマを見るだとか、新しくできたカフェに行ってみるだとか。それから、そうだ。スマートフォンの着信音を、いい加減デフォルトから変更しようと思っていたのだ。

聞き慣れた着信音で目を覚ました弥咲は、緩慢な動作でベッドから手を伸ばし、画面も見ずにスマートフォンをタップした。

『もしもし、弥咲？　やだ、もしかしてまだ寝てたの？　いくら土曜日だからって、もうお昼近いわよ？』

電話の向こうから聞こえてきた声は弥咲の母のものだ。寝起きで聞くにはボリュームが大きすぎるそれに眉を寄せ「休みの日ぐらい惰眠を貪りたいんだよ……」と力なく返す。

社会人になって一年と数か月。大学生の頃は土曜日ともなれば朝からいそいそと支度をして外出していたが、最近は休日の半分くらいは睡眠に費やしてしまっている。

あくび交じりにベッドを下り、六畳の小さな部屋を横切ってキッチンへ向かう。大学時代から暮らしている1Kのアパートは古いわりに、水回りだけが新しい。弥咲はあまり自炊をしないので、キッチンはいつまでも綺麗なままだ。

アパートで一人暮らしを始めたのは、大学生になってからだ。本当なら自宅から通学するつもりでいたのだが、時を同じくして父の京都転勤が決まり、母もそれについていくことになった。現在も両親は京都で暮らしており、東京で暮らす一人娘に月に何度か電話をかけてくる。

『休みの日だからってダラダラ過ごすんじゃないわよ。お昼ご飯は何食べるの？　なんだか生活に張りがないわね。恋人とかいないの？』

インスタントコーヒーに湯を注ぎながら「いない」と答えると、『作りなさいよ』とあっけらかんと言われてしまった。

（作ろうと思って作れるなら、とっくに作ってるわい）

そう言い返す代わりにコーヒーをすする。

弥咲は彼氏いない歴と年齢が等しい。未だに世の人々がどうやって恋人を作っているのか、そのからくりはわからないままだ。

社会人になったら職場で出会いがあるのでは、なんて夢もこの一年で潰えた。職場にいる男性は年が離れすぎているか既婚者かのどちらかだ。

たとえ職場に同年代で未婚のイケメンがいたところで、自分とどうにかなるとも思えない。特徴のない地味顔に、痩せ気味で薄っぺらな体。こんな自分を好きになってくれる物好きな男がそうそういるとも思えなかった。

「私に恋愛は無理だなぁ」

『そうやって引っ込み思案になってるから出会いがないのよ。休みの日とか何してるの？まだ手芸やってるの？』

キッチンで立ったままコーヒーを飲んでいた弥咲は、隣の部屋へと目をやった。ベッドとローテーブルとテレビがあるばかりの狭い部屋は雑然として、窓際にぶら下げた洗濯物も長いこと放置したままだ。

（……刺繍糸、どこにしまったっけ）

確か裁縫箱に入れていたはずだが、まず裁縫箱が見つからない。小学校の家庭科の授業で買ったもので、実家を出るとき持ってきたのは間違いないのだが。

小学生の頃から、弥咲は手芸が趣味だった。毛糸でぬいぐるみを編んでみたり、フェルトでブローチを作ったり、ビーズのアクセサリー作りに精を出したこともあるし、粘土でフェイクスイーツを作っていた時期もある。

中でも高校時代に一番熱中したのは、刺繍だった。

大判のハンカチに刺繍を入れたり、本物の花と見紛うような精巧なブローチを作ったり、スマートフォンのケースに刺繍を施した布を張ったこともある。百円で売っているポーチだって、刺繍一つで随分見栄えがよくなったものだ。

大学生の頃は時間の合間を縫うようにして刺繍に没頭していたのに、社会人になったらいつの間にか趣味に割く時間もなくなっていた。学生時代と変わらず一日は二十四時間あるはずなのに、ふとした拍子に余分な時間が溶けて消えてしまう。休日は綿菓子みたいだ。うっとりと甘いが腹は膨れず、何をしたわけでもないのに一日が終わっている。

黙り込む弥咲などそっちのけで、電話の向こうでは母が延々と喋り続けている。

『弥咲はお祖母ちゃんに似たのかもね。ほら、和子お祖母ちゃん。刺繍とか編み物とか好きだったらしいから。セーターなんか売り物にできるくらいに凝ってたんだから。そうだ、弥咲も自分で作ったものを売ったらいいんじゃない？　お店でも開いて』

「この不景気な時代に？　無理だよ、そんな夢みたいな……」

『でも、お祖母ちゃんは自分のお店持ってたのよ。結婚前に』

初耳だった。母方の祖父母は弥咲が小学校に上がる前に亡くなっているので、どんな人物なのかほとんど覚えていない。スマートフォンを耳に当て直す。

「お店って、どこで？　どんな？」

『山梨にあるお祖母ちゃんの実家で。雑貨屋さんだったかしら。手芸用品なんかも売ってたって。結構商才あったみたいよ。近所のお金持ちが、結婚後も店を続けてくれて構わないからぜひ結婚してくださいってお見合いを申し込んできたって話だもの。それもわざわざお祖母ちゃんの実家の近くに新居を建てるって約束までして』

「えっ、凄いじゃん」

『三峰さんとこの看板娘、なんて呼ばれてまあ繁盛したらしいけど、お祖父ちゃんとの結婚を機に東京に出てきて、それっきりお店は辞めちゃったんだって』

「何それ、もったいない。お祖父ちゃんってそんなにいい男だったの？」

『そんな大層な人じゃなかったわよ』と母が鼻で笑う。母にとっては実の父親だろうに、容赦がない。

『なれそめはよく知らないけど、あの時代だとお見合い結婚だったんじゃない？　昔は親の言うことは絶対だったろうし、お嫁に行かないのも体裁が悪いじゃない。お店は諦めざるを得なかったのかもね』

時代だなぁ、と弥咲は思う。お節介に見合いや結婚を勧めてくる人なんて、令和の今も生き残っているのだろうか。すでに絶滅しているからこそ、弥咲のようにどうすれば異性と出会えるのかわからない若者が増えたのかもしれないが。

どちらがいいのかはわからない。実際昭和という時代を体験してみないことには結論も出ないだろう。

（現代の方が自由だろうなとは思うけど）

母との電話を終え、弥咲はベッドに腰を下ろす。

祖母も生まれてくるのがあと少し遅かったら、結婚を強いられることも、それを理由に店を辞めることもなかっただろうに。当時と比べたら今の方がずっと将来の選択肢は多く、夢だって叶いやすくなっているはずだ。

(私も好きなことを仕事にしたいって思ったこと、あったなぁ……)

ぼんやり思っただけで何か実行に移したわけではない。結局は普通に大学を卒業して、地元の電子機器メーカーに就職した。

夢に向かって手を伸ばすとき、他の現実的な選択は手元からこぼれ落ちる。それが怖くて堅実な道を歩んだ。未練はない。だが、昔のことを思い出したせいか、はたまた手芸好きだったという祖母の話など聞いたせいか、久々に針と糸を持ちたくなった。

だから、部屋の掃除のついでに裁縫箱を探した。

ようやく見つけたそれは、長らく放置されて埃が積もり、中に収められていた刺繍糸などもどことなく色褪せて見えた。それで手芸用品店に行こうと思い立ったのだ。

家を出たときはよく晴れていた。それなのに、途中のカフェで昼食など取っていたらあっという間に天気が崩れ、店を出ていくらもしないうちに雨が降ってきた。慌てて目についた神社に飛び込んで、スマートフォンで雨雲の情報でも見ようとポケットに手を入れたそのとき、誰もいない境内が突然真っ白な光に包まれた。

上空で大きな鐘を叩き割るような轟音が響き渡る。鼓膜を激しく震わせたその音がなんであるのか、弥咲にはわからなかった。白い光に目が眩む。世界の音が遠ざかる。

あれは一体なんだ。あれは――。

(――あれは雷だ)

闇の中、弥咲はうっすらと目を開く。

意識が戻ると同時に鈍痛を覚え、身じろぎしてみて自分が布団で寝ていることに気がついた。普段はベッドで寝ているせいか、あるいはこの布団が薄っぺらいのか、寝返りを打とうとすると体の節々が鈍く軋んだ。

顔を横に向けると、暗がりの中に見覚えのない女性の横顔が浮かび上がって悲鳴を上げかけた。とっさに両手で口を覆い、寝息を立てている女性の顔をまじまじと見つめる。寝起きで少々混乱したが、ここは一人暮らしをしている東京のアパートではない。隣にいるのは、そうだ、和子だ。

息を整え、弥咲は和子の顔をじっと見詰める。

三峰和子。弥咲の祖母と同姓同名だ。

そして、まだ完全には信じがたいが、ここは昭和四十五年の世界であるらしい。和子の祖母が二十歳くらいの時代だ。もしもそれが事実だとするならば――。

(この人、若い頃の私のお祖母ちゃん……なのかな)

俄かには信じられない。だが、他に説明のしようもない。和子が持ってきた新聞の日付は確かに昭和四十五年だった。そして何より、和子の家のトイレは汲み取り式だった。びっくりした。本当にびっくりした。そういう形式のトイレがかつてあったことは知識として知っていたが、目の当たりにしたのは初めてだった。物心ついた頃から東京で過ごし、田舎らしい田舎もなかった弥咲には、新聞に記載された年号より何より、汲み取りトイレで今が令和でないことを否応もなく自覚させられた感がある。

もしやテレビ局のどっきり企画では、と疑ってみたが、それにしてはあまりにも大掛かりで手が込みすぎている。

（タイムスリップってやつ？）

荒唐無稽な話だが、今のところこれ以上すんなり状況を説明してくれる言葉がない。

昭和四十五年ということは、弥咲が暮らしていた時代からほぼ五十年前。

百年前ならいざ知らず、五十年程度の隔たりなら現代とさほど差がないのでは、なんて考えはこの数時間ですでに吹き飛んだ。平成に生まれ、令和を生きていた弥咲にとって、昭和はほとんど異世界だ。

（よく考えたら、十年前はまだガラケー使ってた人の方が多かったんだもんな……。世の中十年で様変わりするのに、五十年前って……親だって生まれてない時代じゃん）

考え込んでいたら、隣で寝ていた和子が寝返りを打ってこちらを向いた。警戒心のないその寝顔を眺め、お祖母ちゃんか、と口の中で呟く。

眠る前、和子は「自分の店を持ちたい」と言っていた。弥咲の母親も、祖母は自分の店を持っていたと言っていたし、ここから和子の店作りがスタートするのだろう。

（話を聞いた感じ、実家とか親戚がお店を開いているわけじゃなさそうだし、援助してくれる人もいないみたいだけど、こんな状態から本当にお店を開くところまで行きつけるのかな……？）

化粧品を仕入れるにしても、化粧品会社のカスタマーセンターのような部署に手紙など送っているらしいし、それで大丈夫なのかと心配になってしまう。

しかし事実として祖母は自分の店を持っていたのだ。ここからどんな紆余曲折があって開店までこぎつけるのか、非常に興味深くはあった。

自分より年下で、令和より不便なことが多そうなこの時代に、和子はどうやって自身の夢を叶えるのだろう。

熱風に似た興奮が胸の内側を吹き渡る。だがそれはすぐに勢いを失い、溜息となって唇から漏れるときには、すっかり熱を失っていた。

（和子のことも気にはなるけど、今は自分の心配をすべきだろうなぁ……）

困ったとき、何より頼りになるはずのスマートフォンは使えない。最近は外出時の支払いはすべてスマートフォンの電子決済を使っていたので、現金の持ち合わせもない。あったとしても令和の現金は使えないだろう。手回り品を入れていたバッグはこちらの世界に飛んでこなかったのか手元になく、身分を証明するものは一切ない。

とりあえず東京に行ってみようかとも思ったが、戻ったところで自宅があるわけでなく、知り合いもいない。何しろこの時代には、まだ弥咲の両親すら生まれていないのだ。頼れる親戚は、将来弥咲の祖母となる和子ぐらいなのだが。

(でもそんなこと言っても誰も信じてくれるわけないよね……!?)

布団の中、弥咲は苦しい表情で身をよじる。

私は未来から来た貴方の孫です、などという世迷言、絶対に信じてはもらえまい。下手をしたら精神に変調をきたしていると思われかねない。そうなったとき、この時代の人々は平和的な解決法を採用してくれるだろうか。

(いきなり精神科病院に入れられたり……しないかな)

もしも病院に入れられたら、引き取り人がいない以上、一生そこから出られない可能性もあるのではないか。

考えるほどに恐ろしく、弥咲は眠っている間も手放さずにいたスマートフォンを強く握りしめた。これが使えれば誰かとすぐに連絡が取れるのに。わからないこともすぐ調べられるのに。ただでさえ理解不能な状況下で、頼みの綱すら失ってしまった。

じわりと目元に涙が浮かんだ。二十歳もとうに過ぎたというのに、子供みたいに泣いているなんて情けない。でも止まらない。

せめて隣で安らかに眠っている和子を起こさぬよう、弥咲は和子に背を向け、乱れる息を押し殺すべく唇を嚙(か)みしめた。

問屋を探して

翌朝、眠りから覚めた和子の目に真っ先に飛び込んできたのは、弥咲の背中だった。

規則正しく上下している肩の動きを見るに、どうやらよく眠っているようだ。客人なので無理に起こすこともないだろうと、弥咲に声をかけることはせず布団を出る。

階下ではすでに芳江が朝食の支度にとりかかっており、和子もそれを手伝った。仕事に行く父と、畑に行く祖父の弁当箱に彩りよくおかずを詰めるのは和子の仕事だ。

弥咲が二階から下りてきたのは、朝食が終わり、父と祖父が家を出た後のことだった。

「お……おはようございます」

昨日、神社で倒れているときに着ていた服に着替えた弥咲は、台所にいた和子と芳江におずおずと朝の挨拶をする。その目は一晩中泣きはらしたように赤くなっていて、思わず芳江と顔を見合わせた。

力ない足取りで茶の間へ向かう弥咲の背中を見送り、芳江がひそひそと囁(ささや)く。

「……和子。あのお嬢さん、何か事情がある子なの？」

「私も詳しくは聞き出せなかったけど、多分何かあるんだろうね……」

朝食を持って茶の間に行くと、弥咲は恐縮しきった様子で礼を述べ、出された味噌汁とおにぎりを黙々と食べた。途中、「美味しいです」と言ってくれたもののその笑顔はぎこちなく、ふさぎ込んでいるのは誰の目にも明らかだ。

弥咲が食事を終えるのを待ち、和子と芳江は改めて弥咲へ質問をぶつけた。

「貴方、どこに住んでいるの？」

「東京から来たって言ってたけど、帰る当てはあるの？」

「ご両親はどちらに？　急に外泊してしまって、心配しているんじゃない？」

「家族に説明しにくかったら、私も口添えするよ」

弥咲は困り果てたような顔で俯いていたが、最後は和子たちの圧力に負けたのか、ひどく言いにくそうに口を開いた。

「帰る当ては、ない、です。家族はいなくて……いえ、ちょっと前まではいたんですけど、今はいないというか、この世界にはいないというか……」

どうやら弥咲はつい最近家族を亡くしたらしい。こちらに気を遣わせまいとしているのか、必死で言葉を選ぶ姿がいじらしかった。

「ここ何年か一人で暮らしていたんですが、その家も、なくなってしまって……」

弥咲の声が尻すぼみになる。家族を失った若い女性がたった一人。これまでどうやって生きてきたかなんて想像に難くない。他人に詮索されたくないのも当然だ。

隣に座る芳江の横顔をちらりと見ると、思った通り同情を強く滲ませた顔をしていた。和子も同じ気持ちだ。すっかり俯いてしまった弥咲にかける言葉を探していると、玄関の戸が開く音とともに、「ごめんください」という男性の声がした。

廊下の近くに座っていた和子が玄関先に出てみると、制服姿の駐在が三和土に立っていた。すぐに芳江も出てきて「ご苦労様です」と玄関先に膝をつく。

「駐在さんがいらっしゃるなんて、何かありましたか」

「いや、昨日の晩、こちらに若い女性が運び込まれたと聞いたもんで」

雨の中、和子の家に女性が担ぎ込まれるのを近所の者が見ていたのか、あるいは弥咲を診てくれた医者が駐在に一報を入れたのかは知らないが、どちらにしろ素早い対応だ。

今日も外はカンカン照りで、駐在は顎から滴る汗を拭いながら上がり框に腰掛けた。

「一体どこの子です？」

「それが……東京から来たようなことを言っているものの、よくわからなくて」

「ありゃ、家出少女かね」

「なんでも身寄りのない子みたいで、帰る当てもないと……」

「はあ、そりゃ困った」

和子は自分も玄関先に膝をつき、二人の会話に割って入った。

「よかったら、うちで面倒見ようかと思ってます」

芳江と駐在が驚いたような顔で振り返る。すぐに芳江は渋い顔になって、咎めるように和子の膝を叩いた。

「またあんたは勝手にそんなこと言って……お父さんやお祖父ちゃんに叱られるよ」

「私が連れ帰ったんだから、私が面倒見るよ。それにお祖父ちゃんだって、近くの女子大に通ってた子をうちに下宿させてたことあったじゃない」

「それはお祖父ちゃんの知り合いの姪御さんだったから……」

「お祖父ちゃんだってなんの相談もなく下宿人を連れてきたんだから、私だって構わないでしょう。弥咲の面倒は私が見る。だってあんなに泣きはらした顔して、かわいそうじゃない。せめて落ち着くまでここにいてもらったらいいよ。その間は家のこととか手伝ってもらえば、お父さんやお祖父ちゃんだって文句ないでしょう」

芳江は何か言い返そうとしたものの、面白そうな顔で母娘のやり取りを眺めている駐在に気づくと慌てて姿勢を正した。

「すみません、この子は言い出したら聞かなくて……」

「和子ちゃんは頑固だからね。一鉄さんも大変だ。まあ、こちらで預かっていただけるならそれで構いませんよ。何か困り事があったらすぐ連絡をください」

芳江と一緒に頭を下げて駐在を見送った和子は、玄関の戸が閉まると同時に立ち上がり、弥咲の待つ茶の間へ取って返した。

「弥咲、しばらくこの家にいていいよ」

ぼんやりと目を伏せ、ちゃぶ台の前でまた例の黒いかまぼこ板を弄(いじ)っていた弥咲に告げると、振り返ったその顔に鮮烈な驚きの表情が走った。

「駐在さんが弥咲のことを訊きに来たから、うちで面倒を見るって伝えておいた」

「え、駐在さんって……警察？　私の身元を調べたりとか、しないの？　ていうか、警察じゃなくてここでお世話になっていいの？」

声を上ずらせながら妙なことを言う弥咲を和子は笑い飛ばす。

「警察のお世話になるのは悪いことをした人だけでしょう？」

「た、滞在費とか、持ってないけど……」

「いらないよ。家の仕事でも手伝ってくれれば十分」

「そんな簡単に見ず知らずの人間を家に上げちゃうの？　防犯意識薄くない⁉」

思わずといったふうに弥咲が声を張り上げたところで、芳江が居間に戻ってきた。大声に驚いたのか目を丸くした芳江を見て、弥咲はあたふたと正座をして畳に両手をついた。

「いや、ここに置いていただけるなら、こんなにありがたいことはないです！　いずれ何かの形でお礼はさせていただきますので、どうかよろしくお願いします！」

そう言って、畳に額がつくほど深く頭を下げる。必死さを滲ませたその姿に芳江もほだされたのか、いつまでも頭を上げようとしない弥咲の傍らに膝をつき「これからよろしくね」と声をかけていた。

弥咲は何度も何度も礼を述べ、これまで片時も手放そうとしなかった黒いかまぼこ板をようやく畳の上に置き、和子たちの手をしっかり握りしめたのだった。


その日の晩、和子は父と祖父に、弥咲をしばらく家で預かることにしたと告げた。

父の一鉄は弥咲に対して同情的で、わかった、と一言返しただけで特に文句もなかったが、問題は元太だ。いかにも納得のいかない顔で「赤の他人にただ飯を食わせる義理はない」などと言い出した。以前元太が下宿させていた女子大生のことを引き合いに出せば、あれは謝礼をもらっていたのだと返される。

「そんなお金見たことないけど。お祖父ちゃん、まさか独り占めしたの？」

「俺がもらった金をどう使おうと勝手だろう」

「お祖父ちゃんがそんな勝手なことをするなら、私も勝手にやらせてもらいます」

「どうしてお前はそう口が減らない！」

いつもならこの辺りで芳江が止めに入るのだが、今日は違った。代わりに割って入ってきたのは弥咲だ。

「このたびはご迷惑をおかけして、大変申し訳ございません！　現在手元にお金はありませんが、せめて家のことは精いっぱいお手伝いさせていただきますので、何卒ご容赦いただけませんでしょうか！」

「手伝いったって何を……」

「なんでも！　なんでもいたしますので、なんなりとお申しつけください！」

改まった物言いと土下座に近い平身低頭に、さすがの元太もうろたえたらしい。最後は「もういい」とそっぽを向いてしまった。

気の弱そうな弥咲のことだ。きっと決死の想いで元太に頭を下げたのだろうと案じたが、夕食の後に二階に戻った弥咲はケロリとした顔で「あの程度のクレーム対応なら仕事で慣れてる。追撃してこないだけ可愛いもんだよ」と言った。

この家で暮らすと決まって、弥咲は何か開き直ったらしい。気難しい元太に対してもびくびくする様子はなく、母の芳江よりよっぽど肝が据わっているようだ。

その日から、二階にある和子の部屋の隣で弥咲は寝泊まりすることになった。

弥咲は元太の前で宣言した通り懸命に家の手伝いをしてくれたが、最初は失敗の連続だった。どうも家事全般に慣れていないらしい。というより、家事の仕方がよくわかっていないようだ。薪で風呂を沸かしたり、かまどで煮炊きをしたり、そういうごく日常的な風景に弥咲は毎度大げさに驚いた。その姿はまるで、初めて火を見る人のようだ。

実際にマッチを渡してみればいきなり薪に火をつけようとするので、まずはよく乾かした柴に火をつけるのだと教えてあげた。ちょっとしたことでも「和子は物知りだなぁ」と逐一感心されるので、近所の小さな子供でも相手にしているような気分だ。

さらに弥咲は、家の中の電化製品にも興味を示した。

洗濯機を見たときは目を丸くして駆け寄って「こういうの、もう普通の家に存在してるんだ」と呟いていたし、冷蔵庫を見たときは「知ってる、これって中に氷が入ってるんでしょ？」と得意げに指をさしていた。氷を入れる冷蔵庫を使っていたのは随分前だと伝えると、目が転げ落ちんばかりに驚いていた。テレビも「液晶じゃないとこんなに分厚いんだなぁ」なんて物珍しそうに見詰めていたし、電化製品とは縁遠い家庭で育っていたのかもしれない。芳江などは「もしかして東京といっても、山奥の方で暮らしていたお嬢さんなのかしら……」と半ば本気で呟いていた。

こんな調子で不慣れなことも多いが、弥咲は熱心に家の仕事をこなそうとしてくれる。廊下の雑巾がけや食器洗い、洗濯物を絞ったり干したり畳んだりすることは問題なくできるし、文句の一つも言わないので芳江も重宝しているようだ。

ただ、たまに近所の人が弥咲の噂を聞きつけて様子を見に来るときは、ひどく居心地の悪そうな顔をする。東京からやってきたという弥咲に対する興味を隠しもせず顔を覗き込んでくる人たちの視線から逃れるように、和子の後ろに隠れることも少なくなかった。

「……どうしてみんなじろじろこっちを見るの？　何か悪い噂が立ってるとか？」

「みんな弥咲が東京から来たことを知ってるからね。都会の人が珍しいんだよ」

「な、なんでみんなそんなこと知ってるの……？」

なぜと言われても、噂なんて勝手に遠くまで広がっていくものだ。それに、降って湧いたような唐突さでこの町にやってきた弥咲の場合は、単なる噂の的というより、ほとんど事件の扱いである。隣町の人の耳にだってそろそろ届くかもしれないと冗談半分で言ったら、信じられないとばかり絶句されてしまった。

そんな中でも一鉄は最初から弥咲に同情的で、たまに和子と弥咲に菓子などの土産（みやげ）を買って帰るようになった。元太だけは弥咲など家の中に存在しないもののように扱ったが、弥咲は気にしたふうもなく堂々と過ごしている。他人の視線は怖がるくせに、元太のことは怖がらない。本人曰（いわ）く「ああいうパワハラ系の上司は多いからね」とのことだが、弥咲はときどき耳慣れない方言のような言葉を口にするので、よくわからなかった。

弥咲が現れてからちょうど一週間が過ぎた金曜日。昼食を終えた和子は、茶の間で弥咲が繕い物をするのを眺めていた。

家事全般が不得意な弥咲だが、不思議と針仕事だけは上手い。つい先日、芳江の足袋（たび）を繕うついでに、爪先に可愛らしい桜の刺繍など入れていたのには驚いた。不器用一辺倒だと思っていたが、案外そうでもないらしい。

一鉄は仕事に行ったし、芳江と元太は畑だ。開け放った縁側から吹き込む風は、和室と茶の間を通って台所へと抜けていく。柔らかく肌を撫でるそれにウトウトしていたら、玄関から「お邪魔します」という声がした。

慌てて立ち上がり玄関に向かうと、そこには見覚えのない背広姿の男性が立っていた。一鉄と同年代のようだが、父の知り合いだろうか。訝しむ和子の前で、男性は頭にかぶったパナマ帽を取って軽く会釈をした。

「こちらは三峰和子さんのお宅で間違いありませんでしょうか？」

「はい、和子は私ですが……」

和子の返答に相手は驚いたような顔をして、すぐに目元に笑みを上らせた。

「失礼、想像以上にお若い方だったので驚きまして。私、以前お手紙をいただきました、花精堂の者ですが」

花精堂、と聞いた途端、胸の内側で心臓が垂直に跳び上がった。

「し、少々お待ちください！」

慌てて茶の間に引き返すと、弥咲がきょとんとした顔でこちらを振り返った。

「み、弥咲、お茶の用意して！」

「お客さんでも来た？」

「花精堂の人が来た！」

興奮気味に言い返すと、弥咲も目を見開いて「マジで！」と一声叫んだ。ちゃぶ台の上に広げていた裁縫箱を慌てて閉じ、一目散に台所へと走っていく。

和子は大きく息を整え、再び玄関へ戻る。玄関先では花精堂の男性が先程と同じ格好で立っていて、努力してよそ行きの声を出した。

「お待たせいたしました。どうぞ、中でお茶でも……」

「いえいえ、こちらで結構です。別件でこの近くに立ち寄ったのと、次の予定もあるもので。今日のところは、弊社の商品を陳列する店舗だけ拝見させていただければ」

予想だにしていなかった言葉に硬直する。まさかいきなりこんな具体的な話になるとは思っていなかった。

言葉を詰まらせた和子を見て、花精堂の担当者は、おや、と眉を上げた。

「店舗などは、まだご準備されていませんでしたか？」

「はい、まだ、これから……」

そうですか、と言って、担当者は再びパナマ帽をかぶる。ほとんど暇乞い(いとまご)に近い仕草を目の当たりにした和子は、慌てて相手を呼び止めた。

「あ、あの！　でも、お店はこれから準備します！　私どうしても、花精堂さんのお化粧品を売りたいんです！」

必死で引き留めようとする和子を見て、男性は帽子の陰で困ったように眉を下げた。

結局帽子は脱がず、背広の内ポケットから名刺を取り出した男性は、それを和子に差し出しながら、子供に言い聞かせるような口調で言った。

「店舗をお持ちでないのなら、弊社の商品を卸すことはできません。ぜひ、次回はお店を構えてから私宛てにご連絡ください」

名刺には社名と住所の他に、『田辺一郎（たなべいちろう）』と書かれていた。

田辺はきっと、手紙を送ってきた和子がすでにある程度の商売を始めていると思っていたのだろう。年若い和子を見て少し拍子抜けしたような顔をしていた。挙句、こちらはまだ店舗すら用意していないのだ。食い下がったところで田辺の態度が変わるとは思えず、会釈をして背を向けた田辺を引き留めることもできなかった。

名刺を手にすごすごと茶の間に戻ると、台所から弥咲が駆け込んできた。

「ごめん、まだお湯沸いてない！　電気ケトルでもあればよかったんだけど……！」

「大丈夫、もう帰ったから」

脱力してちゃぶ台の前に腰を下ろす。不思議そうな顔をする弥咲に田辺とのやり取りを話すと、弥咲も「残念だったね」と一緒に肩を落としてくれた。

弥咲はいったん茶の間を出ると、作り置きの麦茶を入れたコップを手に戻ってきた。

「にしても、手紙一通で花精堂の人が来てくれるとは思わなかった。凄いことだよ」

「実際には二通出してるけどね」

「どっちにしろ驚いた。行動してみるもんだね」

弥咲がこちらを励まそうとしていることはわかったが、覇気のない相槌しか返せない。まさか花精堂の人間が直々に家までやってくるとは。脈があるなら手紙で返信があるだろうし、そうしたら店舗のことも考えようと思っていたのに。

「あのさ、前から訊きたかったんだけど、和子はどうしてお店をやろうと思ったの？」

ふいに問われて顔を上げたら、縁側から風が吹いてきた。

大きく深呼吸をするように、家の中を風が吹き抜ける。弥咲の背後、和室の向こう側にある縁側から、真っ青な夏空の切れ端が見えた。外が明るければ明るいほど、家の中心にある茶の間はひっそりと薄暗い。その中で、わくわくした顔で返答を待っている弥咲を見たら、なんだか胸の中心が疼くような心地がした。

子供の頃、人気のない神社の裏で「あのね」と友達と内緒話をした日のことを思い出す。家の中は和子と弥咲の二人きりで、自然と声が小さくなった。

「最初は、ちょっとした思いつきだったの」

子供っぽい理由なので少し照れくさかったが、弥咲なら、と思った。自分より年上なのに、妙に世間知らずで屈託のない弥咲なら、一緒に面白がってくれる気がする。

「母の実家がお店屋さんをやってて、お菓子の量り売りなんかをしてたの。子供の頃、そこで店番をするのが好きだったんだ。エプロンつけて、いらっしゃいませって挨拶して、お菓子を袋に詰めて売るの」

「なんか面白そうだね。それに、小さい子が店番してたら可愛いだろうな」

弥咲が声を潜めて笑う。実際、和子が店番をしていると客が「偉いね」「可愛いね」と褒めてくれた。子供心にもそれが嬉しかった。また店番がしたくなって母の実家を一人で訪ねたのは、小学校に上がって間もない頃だ。

「家族の誰にも言わないで、着替えだけカバンに詰めて、バスと電車を乗り継いで」

「たった一人で？　切符とかはどうしたの？」

「うちのお父さん、鉄道会社に勤めてるから。社員には家族が使える定期が配られるの。それを使えば、この辺のバスと電車は乗り放題」

「家族までそんなもの使えるの？　昭和の福利厚生尋常じゃないね……」

「お店に着いたら一日中店番してたよ。住み込むつもりで着替えも持っていったの。その日は家には帰らず泊めてもらったけど、結局次の日に父が私のこと迎えに来ちゃって」

「子供の頃から、行動力の塊だったんだ」

弥咲が溜息交じりに呟く。呆れと驚きと、それから少しの羨望も交じっているように聞こえたのは、さすがに自意識過剰だろうか。

麦茶で喉を潤し、縁側から見える夏空に視線を向ける。

「高校を卒業してからもう一年以上経ってるし、そろそろ身の振り方を考えるべきかな、と思って。友達の中には実家の手伝いをしたり、就職したりする子もいるし、お嫁に行く子も増えるでしょ。私も習い事ばかりしているわけにはいかないし」

一緒に麦茶を飲んでいた弥咲が、ごふ、と急にむせた。大丈夫かと身を乗り出すと、片手を上げて制される。

「ごめん、もう結婚のこと考えてるのかって、ちょっとびっくりして」

「そう？　友達もみんな花嫁修業してるけど？」

弥咲は濡れた口元を拭いながら「花嫁修業って？」と首を傾げた。

「お茶とか、お花、それから和裁、洋裁、お料理教室なんかの習い事」

「そういえば和子はよく出かけてるけど、そういうことしてたの？　そんなにたくさん習い事できるなんて、もしかしてこの家、凄いお金持ち……？」

「みんなこのくらい普通に習ってるよ。お教室って言っても、近所のおじさんとかおばさんが教えてくれるのがほとんどだから、そんなに高いものでもないし」

そうか、と応じたものの、弥咲はどこか現実味のない顔だ。もしや弥咲は、この年まで親に習い事をさせてもらえなかったのだろうか。これまでの弥咲の言動を見ていれば、十分あり得る話ではある。

この話題は長引かせない方がよさそうだと、和子はすぐさま話題を変えた。

「これから何をしようかなって考えてたとき、母の実家に店番をしに行ってたことを思い出したの。店番は楽しかったし、自分でお店を出せたらいいだろうなって。どうせならお化粧品とか雑貨とか、綺麗なものを並べてみたくて、花精堂さんにも連絡して……」

改めて言葉にしてみると、本当に単なる思いつきでしかない。子供じみた考えを笑い飛ばされるかと思ったが、弥咲はむしろ真剣な表情で身を乗り出してきた。

「だったらお母さんの実家を頼ったら？　まずはそのお店でお手伝いさせてもらうとか」

「そうできたらよかったんだけど、何年か前にお祖父ちゃんが亡くなって、家を改築するときにお店は取り壊しちゃったから」

「そうかぁ。じゃあやっぱり、店舗を探すところから始めないといけないんだ」

難しい顔で腕を組み、弥咲は我がことのように悩んでいる。和子の方が驚くほど真剣な顔でしばらく黙考してから、うん、と頷いてこちらを向いた。

「お店を借りるなら、まずは資金を調達しないと」

「借りる？」

「そりゃそうでしょ。まさか土地を買うところから始めるつもり？　光熱費も必要だし、最初の何か月かは全然売り上げがなくてもお店を維持できるくらいのお金がないと立ち行かなくなっちゃう。後は立地のいい物件を探して……」

確かに店は必要だ。でなければ、誰も和子の言葉に真面目（まじめ）に耳を傾けてくれない。

さっきだって、もしも店舗という実体があれば、田辺ももう少し積極的に和子の話に耳を傾けてくれたかもしれないのだから。

「まずは働くしかないよ。お金貯めて、よさそうなお店を借りよう！　私も一緒に働くから足しにして。和子のお店も手伝いたいし……」

「ううん、店は借りない」

きっぱりと言い切ると、弥咲の顔に困惑の表情が浮かんだ。

「まさか……もう諦める気？」

弥咲の気弱な言葉を「まさかでしょ」と笑い飛ばし、和子はその場に立ち上がった。大股でちゃぶ台を横切り、廊下から弥咲を手招きする。

和子は弥咲とともに玄関に向かうと、下駄をつっかけて三和土に下りた。

玄関を入ってすぐ左手には引き戸がある。上がり框と同じ高さにあるその戸を開けると、奥は八畳ほどの畳の間だ。隣の部屋とはつながっていない独立した部屋で、家具のない室内には、和子の腰の高さまである大きな樽がずらりと並んでいる。

「……この部屋は？」

おっかなびっくり玄関脇の部屋を覗き込んだ弥咲に、和子は「物置」と答えた。

「冬に仕込んだ味噌樽をここで保管してるの」

「味噌……？　そんなもの自宅で造ってるの？」

「うん。たくさん造って毎年近所にも配ってるよ」

目を白黒させる弥咲を振り返り、和子は唇の端を上げる。

「ここ、お店に使えると思えない？」

むしろどうして田辺が来たときに思いつかなかったのだろうと悔やまれる。手狭ではあるが、樽さえどかせばここはいくらでも使いようがある。

「ここを、店に……？」

「問題ないでしょ。外に看板さえ出しておけば明日からでも始められるよ」

「役所に届け出とかは？」

「そんなもの必要なの？」

弥咲はぐっと言葉を詰まらせて「この時代だと必要ない……？　いや、令和でもいらないのかな？」なんて口の中で呟いている。その背中を、和子は力強く叩いて言った。

「道端でゴザ敷いて商品並べても商売はできる！　この部屋ならむしろ上等だよ」

和子の勢いに押されたのか、弥咲も「そう、かも」と頷いてくれた。

そうと決まれば、この部屋を使えるように手を回さなければ。

「とりあえず、まずはお父さんを説得しよう」

田辺が家を訪ねてきた翌日、和子は弥咲と一緒に家を出た。

時刻は正午を回ったばかりで、真上から照りつける日の光は苛烈なほどだ。夏の終わりに今が最後とばかり鳴き交わすセミの声を聞きながら、汗を拭って畑へ続く道を歩く。向かう先は和子の友人、環の家だ。

これまでほとんど外出する機会のなかった弥咲はおどおどした様子で、小走りに和子の後をついてくる。本当は和子一人で出かけるつもりだったのだが、芳江が「たまには弥咲ちゃんも一緒に連れていってあげなさい」と言うので同行してもらうことになった。芳江なりに気を遣ってくれたらしいが、出がけに本気で弥咲が外出を固辞していた姿を見るに、要らぬお節介だったかもしれない。

「和子の友達の家に行くのに、私までついてきちゃってよかったの……？」

久々に外を歩くせいか、弥咲の体は左右へふらふらと揺れ、その動きが喉元に伝わったのか、声まで不安定に揺れていた。すれ違う人に好奇の視線を向けられ、こそこそと和子の後ろに隠れるのも相変わらずだ。

和子はすれ違うご近所さんたちに逐一挨拶をしながら「大丈夫」と弥咲を振り返る。

「今日は遊びに行くわけじゃなくて仕事の話をするつもりだから、弥咲にも一緒にいてほしい。お店を手伝ってくれるんでしょ？」

それまで後ろを歩いていた弥咲が、急に大股になって和子の隣に並んだ。

「でも昨日は、家でお店をするのは駄目だってお父さんから言われてたよね？」

弥咲は和子より背が高い。和子自身百六十センチ超えの長身だが、それをさらに数センチ上回る。隣に並ばれると自然と見上げる形になり、頭上にある太陽が目に刺さって顔をしかめた。期せずして、昨晩和子が父親の前で浮かべた苦い表情そっくりの顔つきになる。

昨日は祖父の元太が早々に自室に戻って休んでしまったので、今がチャンスと一鉄の晩酌につき合った。そこで初めて和子は一鉄に花精堂に手紙を送ったことや、店をやりたいことを告白し、そのために自宅の一部を貸してほしいと訴えた。

しかし、一鉄の反応も花精堂の担当者と同じく芳しくないものだった。どうも和子の言うことを真に受けていない様子で、のらりくらりとかわされるばかりだ。最後は「店をやりたいなんて、きっと祖父さんが反対するだろう」と言って席を立ってしまった。

和子は視線を前に戻すと、顎を伝う汗を手の甲でぐっと拭う。

「お祖父ちゃんに反対されるだろう、とは言われたけど。お父さん自身は反対しなかった。それに、『店を始めたとして、結婚したらどうする』なんて訊いてきたんだよ。むしろ具体的に考えてくれてると思う」

「ちなみに和子、そのときなんて答えたの？」

「結婚はしませんって答えた。お店をやらせてくれるならずっと家にいるって。そうしたらお父さん、ちょっと迷ったような顔してたよ」

「へぇ、娘にはずっと家にいてほしいものなんだ。昭和の時代なんて娘が『結婚しない』

なんて言い出したら、もっと大騒ぎするもんだと思ってたけど」

弥咲がよくわからないことをぶつぶつ呟くのは日常茶飯事だ。和子はろくに取り合うこともせず、畑の真ん中に延びた畔道を大股で歩く。

「だから、まずは商品を仕入れよう」

「でも花精堂から化粧品を卸してもらうことはできなかったんでしょう？」

「化粧品じゃなくてもいい。最初の目的からは外れるけど、まずはお店としての体裁を整えないと。売り物を揃えれば、お父さんだって本気だってわかってくれる」

何を売るつもり？　と弥咲に問われ、和子は事前に用意しておいた答えを口にする。

「とりあえず腐らないもの、保存がきくものかな。雑貨と日用品がいいと思う。仕入れた分が売れなかったとしても、自分の家で使えるし。だから問屋さんを探さないと」

「探すって、どうやって？　ネットもないのに……」

「ネットって？　網？　弥咲、問屋ってわかってる？　トンボや蝶々じゃないんだから、そんなものでは捕まえられないよ」

弥咲は何か言いたげにモゴモゴと口を動かしたものの、何かを無理やり呑み込むように喉を上下させて、うん、とだけ言った。弥咲の世間知らずはちょっと浮世離れしていて、ときどき本気で心配になる。

そうこうしているうちに、平坦だった畑の右手に緩い坂道が現れた。坂の上には平屋が一軒建っている。

「ここ、私の幼馴染の環の家。ここでは落とし紙を売ってるの」

坂道を上り始めるや早々に息を乱し始めた弥咲が、「落とし紙？」と苦しげに言う。

「トイレに置いてあるでしょ。かごに入れて重ねてある……」

「ああ、トイレットペーパー代わりの。それをあの家で売ってるの？　なんか、普通の家みたいだけど……」

弥咲の言う通り、坂の上に建つのはごくごく普通の一軒家だ。

弥咲とともに坂を上って家の前に立った和子は、「ごめんください」と言いながら玄関の戸を開ける。「チャイムとか押さなくていいの？」とおろおろしている弥咲を尻目に玄関に入り「環、いないの？」と声を張り上げれば、すぐに「はーいー」という間延びした声がして、奥から環が現れた。

白いブラウスに水玉模様のスカートを穿いた環は、慌てる様子もなく玄関先までやってくると、挨拶もそこそこに和子の隣に立つ弥咲を指さした。

「その子、東京から来た人ね？　初めまして、瀬川環です」

環にぺこりと頭を下げられ、弥咲も慌てたように頭を下げ返した。

「わぁ、背が高い。東京の人って感じ」

そう言って無邪気に手を叩く環は、その辺の中学生と見分けがつかないほど小柄だ。上がり框に立っているのに、三和土にいる弥咲よりまだ目線が低い。

弥咲は相変わらず他人の目が苦手なのか、いつものように和子の背後に隠れてしまう。環より弥咲の方が断然体も大きいのに何が怖いのだろうと思いながら、和子は環の視線を遮るように一歩前に出た。

「ちょっと相談があるんだけど。環の家って落とし紙を売ってるでしょう？」

「あ、もしかして紙を買いに来たの？　いくつ いる？」

「違うの、その落とし紙をどこから仕入れているのか教えてほしいの」

環はきょとんとした顔だ。それもそのはず、幼馴染の環にさえ、自分の店を持ちたいと打ち明けたことはまだなかった。

ここで環を頼ったら、環の家族はもちろん、近所の人々にも和子が店を開こうとしている噂が広まるだろう。口先だけと思われるのも業腹なので、噂が出回ったらもう後戻りはできない。したくない。

言おう、と口を開いたが、この期に及んで声が詰まった。本当に、自分に店など出せるのだろうか。心の迷いを表すように視線が揺れる。

「和子？　どうしたの？」

不思議そうな顔で環が口を開く。そこで初めて、環の唇に淡く口紅が引かれていることに気がついた。小柄で可愛らしい顔立ちをした環によく似合う、バラ色の口紅だ。

それを見た瞬間、和子の中で覚悟が決まった。怯む心を押しのけるように、腹の底から声が出る。

「私、自分のお店を始めたいの。だから問屋さんを紹介してほしい。できればすぐに」

環が長い睫毛を瞬かせる。蝶々が羽ばたくような軽やかさだ。よく見たら、環の目元にもほんのりと色がついていた。肌に馴染む、自然な色味のアイシャドウ。

この子は私の持っていないものを持っている。

それが欲しくて動き出したのではないかと、和子は環に向かって深く頭を下げた。


せっかくだから寄っていって、と環に誘われ、弥咲とともに環の家に上がった。

環が飲み物を用意してくれるのを客間で待つ間、弥咲が「なんで普通の家で落とし紙なんて売ってるの？」と不思議そうにしていたので、軽く説明をする。

「環のお兄さんのお友達が、雑貨屋さんをしてるんだって。その店で落とし紙を多めに仕入れて、環の家にも分けてくれてるらしいの」

発注数が大きくなれば問屋からの卸値も下がる。環の兄の友人は最安値で問屋から落とし紙を買い、それを本来の仕入れ値で環の家に売っているそうだ。環の家ではそれを他店と同じ通常価格で近所の人に売っている。

「落とし紙が近所の人たちに売れなかったとしても、環の家は薬局で買うより安く買えるんだから損しないしね。なんだかんだ毎日使うものだし」

「近所の人はわざわざここに落とし紙だけ買いに来るの？　別にお店に並んでるものより安いわけでもないのに、紙だけわざわざ？」

「安くはないけど、いつでも買いに来られるから便利でしょ。夜中に急に紙が切れることだってあるし。紙だけ買いに薬局まで行くのは面倒なときもあるし」

「ああ、コンビニみたいなもんか」

いつもの方言に曖昧な相槌を打っていると、環が盆に麦茶を載せて戻ってきた。和子たちの前にコップを置き、座卓を挟んだ向かいにいそいそと腰を下ろす。

「それにしても驚いちゃった。和子ちゃんがお店をやりたいなんて。どんなお店にするの？　場所は？」

「家で雑貨屋さんができないかなって思ってるけど、まだわかんない。まずは問屋さんと話をして、どんな商品が仕入れられるか相談しないと。だから環、お兄さんのお友達にお願いして、私に問屋さんを紹介してもらえない？　都合さえつけてくれたら、後はこっちで全部説明するから」

それなんだけど、と環が身を乗り出してくる。

「和子ちゃん、運がいいよ。今日ね、うちに月に一度問屋さんが来る日なの」

「本当!?」と、和子だけでなく弥咲まで声を弾ませた。どういうわけか、弥咲は和子が店を開くのを本人以上に楽しみにしている節がある。

「最初はお兄ちゃんがお友達のお店まで落とし紙を取りに行ってたんだけど、そのうち問屋さんが気を利かせてくれてうちにも配達してくれるようになったの。そろそろ着くと思うけど……」

環の言葉が終わらぬうちに、開け放った縁側から車のエンジン音が聞こえてきた。環と一緒に外を覗いてみれば、坂道を白いトラックが勢いをつけて上ってくるところだ。

「行ってみよう」と環に手を引かれ、玄関から外に出る。家の前にはすでにトラックが止まっていて、運転手が荷台に回って荷を下ろしていた。

「梶(かじ)さん、いつもご苦労様」

和子と手をつないだまま、環は慣れた様子で問屋に声をかける。和子は緊張でドキドキと落ち着かない心臓を宥(なだ)め、深呼吸を繰り返した。

花精堂の担当者の前ではうろたえてろくな応対ができなかった。今度こそ、と意気込んでトラックの脇へ回り込む。

荷台の前では、背の高い男性が黙々と荷物を下ろしていた。環の声に気づいたのか、首にかけた手ぬぐいで汗を拭いながらこちらを振り返る。その顔を見て、和子はあっと目を見開いた。

梶と呼ばれた男性も和子を見て動きを止める。和子と同様、驚きを露(あら)わにした表情で。

二人の顔を交互に見て、環が「あら？」と首を傾げる。

「もしかして、お知り合いだった？」

知り合い、と言っていいのかどうか。

顔を合わせたのは一度きりだ。しかし印象は鮮烈だった。

梶と呼ばれた問屋は、激しい雷雨をものともせず弥咲を和子の家まで運んでくれた、あの男性だった。


知り合いならば話は早いとばかり、環は半ば強引に梶を家に上げると「頑張って説得しなさいよ」と和子に耳打ちして、自分は奥の部屋に引っ込んでしまった。

和子とともに客間にやってきた梶は、座卓の前につくねんと座っていた弥咲を見て目を丸くした。弥咲は和子の家で面倒を見ているのだと伝えると、「そうでしたか」と安心したように目尻を下げる。

「あれからどうなったのか気になってたんです。そういえば、自己紹介もまだでしたね」

和子と弥咲の対面に座った梶は、座卓から少し身を離して頭を下げた。

「梶時政（ときまさ）です。よろしくお願いします」

こちらこそ、と頭を下げようとしたら、隣に座っていた弥咲が急に身を乗り出した。何事かと視線を向けると、愕然（がくぜん）とした顔で梶を凝視している。

「か……梶さん、と、おっしゃるんですか？　梶、時政……？」

「ええ。あれ、俺のことをご存知で？」

梶にまじまじと見詰め返された弥咲は、慌てたように首を横に振った。

「いえ、違う……と思います。思いたい……」

俯いてぶつぶつと何か呟き始めた弥咲に困惑したのか、梶が救いを求めるような視線を向けてくる。弥咲の奇行にすっかり慣れている和子は余計な説明を省き、単刀直入に切り出した。

「梶さん、私、自分のお店を持ちたいんです」

さすがに脈絡がなさすぎたのか、梶が面食らったような顔をする。

和子は正座をした膝の上で拳を握り、努めて落ち着いた口調で続けた。

「自宅の一室を改装して、雑貨や小物を揃えるお店を始めたいと思っています。でも父は私の言うことを話半分にしか聞いてくれません。本気だとわかってもらうために、まずは問屋さんと取引をさせてもらいたいんです。私とお仕事をしていただけませんか」

梶の顔に浮かんでいた驚きの表情が徐々に薄れ、真剣な顔つきへとすり替わる。梶は考え込むように視線を落とし、和子の言葉が終わっても何も言おうとしない。

無言のまま、一体何を考えているのだろう。わからないだけに悪い予想ばかり膨らんで、胃がねじれるような気分になる。沈黙が重い。目に見えない空気の塊が背中にのしかかってくるようだ。姿勢が崩れ、心も一緒に折れてしまいそうになる。

「……ねえ、和子。やっぱり無茶だよ、店もないのに商品だけ買いたいなんて」

先に無言の圧力に負けたのは弥咲だった。背中を丸め、今にも泣き出しそうな顔で耳打ちしてくる。こんな気弱な顔をされると、和子まで心許ない気分になりそうだ。

「お店は、まだないんですね」

梶が静かな声で弥咲の言葉を繰り返し、いけない、と思った。このままでは断られる。

梶が小さく口を開いたのを見て、和子はそこから飛び出てくるだろう言葉を撥ねつけるつもりで座卓を叩いた。

「用意します！」

突然の大声に、弥咲がびくりと肩を震わせた。対する梶は動じない。真冬の湖面のようにさざ波一つ立てないその顔を見返して、和子は居住まいを正した。

「場所がないわけじゃありません。我が家の一室を店舗にします。父を説得することさえできれば明日からでも商いを始められるんです」

静かにこちらを見返してくる梶から、和子は目を逸らさない。弥咲のように背中を丸めたり、うろうろと視線を揺らしたりしてしまっては駄目だ。見ている相手に不安な気持ちを植えつけてしまう。だから和子は堂々と背筋を伸ばす。勝算などなくても、傍目にそうとは悟られないように。

「本当に、用意できるんですか?」

　梶に念を押され、和子は無言で頷き返した。

　無茶は先刻承知の上だ。しかしもう、自分は動き始めてしまった。弥咲や環を巻き込んで、花精堂の担当者にも家まで足を運ばせてしまったし、こうして仕事中の梶の時間も奪っている。ならばそう簡単には止まるまい。大きな壁にぶち当たり、もうこれ以上進めないと諦めるそのときまで、絶対自ら歩みは止めない。止めるものか。

　生来、和子は負けん気が強い。端から無理だと諦め顔で後ずさりしている弥咲を見ていたら、その負けん気に火がついた。そう簡単には引き下がらないことを示すつもりで、睨むように梶を見詰め返す。

「では商品を卸したとして、貴方のお父さんを説得できなかったらどうします? 後からやっぱり商品はいらないと言われても、返金には応じられませんよ」

　梶の声は淡々としていて手応えがない。それでも和子は必死で食らいつく。

「構いません。父の反対を押し切ってでも売り場を確保します」

「そんなこと、お父さんが許してくれるでしょうか」

「父が会社に行っている間に場所を整えてしまえば止めることはできないでしょう。そこに値札をつけた品物を並べれば、もう立派な商品です。軒先に看板を置けば店舗です」

「商品を捨てられてしまうかもしれませんよ」

「そのときは父に代金を請求します」

梶の表情が少し動いた。売り言葉に買い言葉が面白くなってきたのか、唇の端に笑みが浮く。

「商売は貴方が思う以上に難しいものです。失敗したらどうします？」

「そんなこと——失敗してから考えます！」

勢い言い返すと、耐え切れなくなったように梶が声を立てて笑った。

むっとして梶を睨むが、隣にいた弥咲まで小声で和子に耳打ちしてくる。

「一応、リスクヘッジはしておくべきだと思うよ……？」

「リスクヘッジって何⁉」

語気荒く言い返すと、慌てたように「し、失敗に備えること」と言い直された。

「わかるけど、でも上手くいくかどうかなんてやってみないとわからないでしょ。始める前から思いつく失敗例なんてなんの参考にもならない。実際にやってみたら、予期せぬ失敗の方がずっとたくさん出てくるんだから」

和子の勢いに押されたのか、弥咲は無言で首を縦に振る。気がつけば、梶も笑いを収めてこちらを見ていた。改めて、和子は梶に膝を向ける。

「失敗するかもしれないけど、やってみたいんです。想像だけで終わらせたくありません。どうせなら私は、『失敗した』って言えるくらい全部やりきってから諦めたい」

梶が軽く目を見開いて、自身の胸に視線を落とした。緩く背を曲げ、まるで重たいボールでも胸で受け止めたような表情だ。

「……『失敗した』って言えるくらい、ですか」

自分の胸に目を落としたまま呟いて、梶はまたしても黙ってしまう。

しかし今度の沈黙は短く、梶は両手で自身の腿を叩くと、「わかりました」と顔を上げた。

「そこまでおっしゃるなら、知り合いの問屋を紹介します。かなり大きな問屋です。鉄道会社の購買部に品物を卸しているくらいですから」

「鉄道会社って、浅間電鉄ですか？」

梶が頷くより早く、「それって和子のお父さんが勤めてる会社？」と弥咲が口を挟んできた。それを見て、なんだ、と拍子抜けしたように梶は肩を落とす。

「そんな伝手があるのなら、問屋の件もお父さんに頼めばよかったじゃないですか」

「頼んだところで聞いてくれません。だからこんな強硬手段に出てるんです」

「強硬手段だという自覚はあるんですね」

梶がふっと目を細め、目元に笑い皺が寄る。雨の日に会ったときと同じ、感じのいい笑顔だ。一緒に仕事をしてほしいと告げたときは厳しい顔をされてしまったが、こちらがこの人の素の表情なのだろう。そんな気がした。

梶はシャツの胸ポケットから使い込まれた帳面を取り出し、ぱらぱらとめくる。

「俺から先方の問屋に都合を聞いておきます。面会の約束を取りつけることはできると思いますよ。そこから先、仕事につなげられるかは貴方次第ですが。向こうの予定がわかったらご自宅までお伺いしてお教えします。それでいいですか?」

弥咲が和子の腕を叩く。見れば満面の笑みを浮かべていて、言葉にされずとも「よかったね」と言われているのがわかった。

確かに、問屋と接点が持てたのはいいことだ。だが、釈然としないことが一点ある。

「梶さんから商品を卸してもらうことはできないんですか?」

自分は梶と仕事がしたいと伝えたのに、別の問屋を紹介されたことが気になった。もしかすると梶は和子の商売が失敗すると踏み、自分は関わらないようにしているのかもしれない。だとしたら次の問屋でも同じ目に遭って、たらい回しにされる可能性もある。

表情を険しくした和子を見て、梶は裏表を感じさせない大らかな笑みを浮かべた。

「今時分、商売をやりたがる娘さんは貴重です。普通はもっと華やかな、それこそ都会に行って事務員になるとか、そういうことをしたがるものですよ。だから、どうせやるならうちなんかより大きな問屋と取引をして、ちゃんとした商売をした方がいい。一度商売を始めると、今度は問屋の方から商品を提供してきます。うちのような小さな店では目新しいものも提供できませんが、大きな問屋なら面白いものも卸してくれると思いますから」

和子の目をまっすぐ見返してそう答えた梶は、その場しのぎの言葉を口にしているようには見えない。和子の店にとって最善の行動をとってくれているのだろうと思ったら、嬉しいような、面映ゆいような気分になって、つい梶から目を逸らしてしまった。

　梶の言葉が終わると同時に、家の奥から柱時計の音が響いてきた。それを耳にした途端、梶がやにわに立ち上がる。

「しまった、配達の途中だった。すみません、俺はこれで」

　ぺこりと会釈をして客間を出ていく梶を、和子と弥咲も追いかける。

　玄関先で靴を履くと、梶はくるりと振り返って和子と目を合わせた。

「それでは、問屋と連絡が取れ次第お宅に伺いますので」

「はい、よろしくお願いします」

　深々と頭を下げた和子に頷き返し、梶は目元に微かな笑みを浮かべた。

「お店が持てるよう、応援してます」

　上がり框に立つ和子と梶の視線が交差する。家族以外の男性と正面から目を合わせる機会など滅多にないのでうろたえて、もう一度深々と頭を下げた。それきり動かず、梶が玄関の戸を閉める音を耳にしてからようやく身を起こす。

　梶のトラックが遠ざかる音を聞くともなしに聞いていると、家の奥から環が出てきた。

「どうだった？　梶さん、ちゃんとお話聞いてくれた？」

環の声で我に返り、あたふたと振り返って事の顚末を報告すると、環も「よかったじゃない！」と手放しで喜んでくれた。

「ありがとう。環のおかげだよ」

「いいって。ね、それより梶さん、どう？」

「どうって？」

「ちょっと素敵な人だと思わない？」

潜めた声で問いかけられ、とっさに返事も出なかった。絶句する和子を見上げ、環はきゃらきゃらと笑う。

「そんなに驚かなくてもいいでしょ。和子ちゃんてホント、この手の話に疎いよねぇ」

「だ、だって急に……」

「梶さん確か、うちの兄さんと同じ年だから……今年で二十四歳？　仕事ぶりも真面目だし、顔立ちだってハンサムだし、せっかくだからこれからも商売のこといろいろ教えてもらったらいいじゃない。仲良くなれるかもしれないし」

「私は……っ、そんなつもりで梶さんを紹介してもらったわけじゃない！」

動揺してぶっきら棒な口調になったが、つき合いの長い環は楽しそうに笑うばかりだ。

それでも和子が怒ったような顔を崩さずにいると、わざとらしく溜息をついてみせた。

「和子ちゃんって美人なのに、そんな調子で浮いた話の一つもないんだから」

「誰が美人よ」

「怒るところじゃないでしょ。服だっていつも似たような紺のワンピースで」

「上下の組み合わせを考えなくていいから楽でしょ。毎朝些末なことで悩みたくない」

横で弥咲がぼそっと「スティーブ・ジョブズかよ」と謎の言葉を呟いたが無視だ。

「和子ちゃんは元がいいんだから、もう少しおしゃれした方がいいんじゃない？　せめて口紅ぐらい引いたら？　お化粧だって身だしなみのうちなんだから」

そんな助言をする環の唇にはバラ色の紅が引かれている。小柄で可愛らしい環だからこそ似合う色だ。自分が塗っても似合わないだろうと思うと、素直に頷くことができない。

「梶さんだってきっと、綺麗におめかししてる子の方が好きよ？」

「だから……っ、なんで梶さんが出てくるの！」

環はこの手の話に疎い和子をからかって遊んでいるらしく、わざと梶の名前を出しては声を立てて笑う。いい加減にして、とその腕を掴もうとすると、蝶々のようにひらりと身をかわして廊下の奥へ走っていってしまった。

「こら、環……！」

和子も走って環の後を追う。だから和子は、玄関に取り残された弥咲がどんな顔で自分を見ているのか気づかない。

弥咲が思い詰めたような顔で、何度も梶の名前を呟いていたことも。

クーラーのない熱帯夜

社会科の教科書やテレビのニュースで、地球温暖化の危機が叫ばれるようになって久しい。弥咲も夏が訪れるたび恐ろしくなる。アパートを出た瞬間ドライヤーの温風かと思うような風に顔を打たれ、地球上の生命が干からびていく姿を想像して青くなることたびたびだ。

年々夏の暑さが厳しくなる。クーラーがなければ健康を保つことすら難しい。今や小学校の教室にすら冷房が完備されているくらいだ。昔気質の人たちはそのことに眉を顰めるが、もはや時代が違う。冷房機器に頼らず過ごせていた昔の日本は、きっと今よりずっと涼しくて過ごしやすかったに違いない――なんてことを考えていたのだが。

（いや、昭和も普通に暑いな⁉）

夜、布団に横たわっていた弥咲は目を見開いて暗闇を凝視する。

じっとしていても全身に汗が滲んで不快だ。寝つけず何度も寝返りを打つ。

地獄の釜の底もかくやという令和東京の酷暑に比べれば、確かにこの時代の夏はいくらか過ごしやすい。土地柄もあるのか、日中も木陰に入れば涼しい風が吹いてきたりする。

ただ、和子の家にはクーラーがない。

熱中症対策にクーラーをかけっぱなしの部屋で日がな過ごしていた令和の人間に、クーラーなしの生活はことのほか厳しい。寝苦しくて眠れやしない。

いや、眠れないのは暑さのせいばかりではないかもしれない。

弥咲は寝返りを打ち、壁の向こうの和子の部屋へと目を向ける。

今日、環の家で梶という名の男に会った。名前を聞いてどきりとした。梶は弥咲の母の旧姓だ。

（……あれが、私のお祖父ちゃん）

まさか同姓同名の別人ということもあるまい。

店を始めたい和子と、問屋の梶。これきり縁が切れるとも思えない。

（このまま二人がくっついたら、和子は店を畳むことになるんだよね……）

ここで自分が和子と梶の仲を邪魔したら、二人の結婚を阻止することができるだろうか。

そうなれば、和子が店を畳む未来を回避することもできるのか。

和子の部屋と自室を隔てる壁を見詰め、でもな、と弥咲は眉間に皺を寄せる。

（二人が結婚しなかったら私のお母さんが生まれないわけで、そうなると、私もこの世に存在しなくなるのでは……？）

古い洋画にそんな筋立ての物語があったはずだ。あの話は過去に戻って自分の両親がくっつくように奮闘するもので、今自分がしようとしていることとは真逆だけれど。

壁を睨んだところで隣の部屋が透けて見えるわけでもない。目を転じると、闇の中に赤い火が浮かんでいた。蚊取り線香の先に灯る光だ。いぶした草のような匂いが立ち込める室内で、弥咲は小さく溜息をつく。

和子と梶の仲を引き裂くべきか否か、現時点で弥咲には判断がつかない。

和子のことは応援しているが、本当に店が出せるかどうかは危ういというのが現状の見立てだ。若さと勢いだけで突っ走っているふうにも見えて、なんの迷いもなくその背中を押していいものかどうか、和子の行く末を知っている弥咲ですら躊躇する。

考え込んでいると、開け放った窓から夜風が吹き込み、鼻先に漂う蚊取り線香の匂いが濃くなった。懐かしいその匂いを嗅ぎながら、蕎麦殻の枕に指を埋める。

（和子はどうしてあんなに迷わず前に進めるんだろう）

環の家で、梶に向かって啖呵を切った和子の姿を思い出す。

自分が同じ状況に置かれたら絶対に怯んで「やっぱり無理ですよね」なんてへらへら笑って引き下がるだろうに、和子はそうしなかった。真正面から梶を見返して、できる、やれるの一点張りだ。どうやって、という具体策もないのに、引き下がらなかった。

正直言うと、少し感動した。二十三年の自分の人生を振り返っても、あんなにも熱を帯びた声を出した記憶などない。無謀な夢をますます応援したくなったくらいだ。

和子の無鉄砲に難色を示していた梶ですら、あの熱意には胸を衝かれたような顔をしていた。気持ちはわかる。「『失敗した』って言えるくらい全部やりきってから諦めたい」と口走った和子の横顔を思い出すと、弥咲も心臓を柔らかく握り込まれたような息苦しさを覚える。

(――私はあんなに熱烈に、何かを求めたことがあったかな)

昭和にタイムスリップしてからすでに一週間以上が経っているが、意外なほど心は穏やかだ。気がつけば、着実にこちらの世界に馴染もうとしている自分がいる。

ネットが使えないとかコンビニがないとか、昭和の時代は不便も多い。それでも「絶対令和に帰らなければ」という危機感は薄かった。元から友人は少ないし、妥協で選んだ仕事にも思い入れはない。唯一の心残りは両親に二度と会えないことくらいか。

(なんか……私の人生、溶け残ったかき氷みたいだな)

色も味も薄くてぼんやりしている。それに比べて、和子の生き方のなんと鮮烈なことだろう。自分の欲しいものを必死で掴み取りに行こうとしている。

さくさくと枕をついていた弥咲は、最後にざくっと蕎麦殻に指を突き立てて手を引いた。仰向けになり、腹の上で両手を組む。

(やっぱり私は、これからも和子を応援しよう)

現時点では和子に商才があるかどうかわからないが、あの熱意は見守っていきたい。和子と梶を引き離すのは、結婚するより店を続ける方が和子にとって幸せだと確信を持てた後でも遅くはないだろう。

結論めいたものが出て安心したのか、ようやく眠気が忍び寄ってきて目を閉じる。

蚊取り線香の煙が混じった夜気に額を撫でられて、程なく弥咲は眠りに落ちた。

煙草と縁側

「駄目だった！」

階段を駆け上がり、自室の前を素通りして、勢いよく弥咲の部屋の襖を開けると、部屋の隅でちくちくと裁縫をしていた弥咲が「ぎゃっ」と女子らしからぬ声を上げた。

「び、びっくりした、針で指刺すところだった……」

「えっ、ごめん、大丈夫？」

「大丈夫、大丈夫。で、駄目だったって？　お父さんの説得？」

元太の野良着を縫っていた手を止め、弥咲がこちらを振り返る。和子もその傍らに膝をつき、駄目だった、と項垂れた。

「そっかぁ、せっかく梶さんに大きな問屋さんまで連れていってもらったのにね」

慰めるように肩を叩いてくれる弥咲の手つきは優しくて、こういうとき、弥咲は自分より年上なのだと実感する。

九月に入り、夜になると涼しい風が入ってくるようになった。昼の熱気を逃すように薄く窓を開けた弥咲の部屋で、和子は畳に寝転がって大の字になった。

環の家で梶と顔を会わせてから数日後、梶は本当に和子の家までやってきた。大きな問屋を営む宮本という人物と連絡が取れたと言う。来週末なら先方も都合をつけられそうだと伝えてきた梶に、和子は一も二もなくよろしくお願いしますと頭を下げた。

「俺の車でよければ、宮本さんの会社まで送っていきますよ」

宮本の会社まで電車で行くつもりで準備をしていた和子のもとに、梶が車でやってきたのは当日の朝のことだ。前に見たときは助手席まで荷物でいっぱいだったが、今日は和子が乗り込めるよう片づけておいてくれたらしい。道順に多少不安があったこともあり、ありがたく梶に送ってもらうことにした。

道中はさすがの和子も緊張して、口数が少なくなった。弥咲も連れてくればよかったかと思ったが、前回梶と交渉をした際、弥咲の弱腰に引きずられそうになったことを踏まえて却下した。そうでなくとも、梶のトラックには運転席と助手席しか座る場所がない。

少しでも気を紛らわそうと、「宮本さんって、どんな方です？」と梶に尋ねてみた。

「気のいいおじさんですよ。和子さんの話もちゃんと聞いてくれると思います」

いきなり下の名で呼ばれてぎょっとした。運転席へ視線を向けると、信号で車を止めた梶もこちらを見て、おっと、と片手で口を覆った。

「すみません、環さんが貴方のことを『和子ちゃん、和子ちゃん』と呼ぶものだから、つい口が滑って。三峰さんのお嬢さんと呼ぶべきでしたね」

「いえ、別に、驚いただけで……構いません、けど」

「じゃあよかった。うっかりまた口を滑らせないとも限らないので」

屈託なく笑って、梶はゆっくりとアクセルを踏み込んだ。

和子は窓の外に目を向け、やけに大きく鼓動を刻む心臓に手を当てる。この程度のことで動揺するなんて、やはり緊張しているのだろうか。近所のおじさんたちから名前で呼ばれてもなんとも思わないのに。

「ところで和子さん」

早速また下の名で呼ばれ、今度こそ平然と返事をするつもりが、若干声が裏返った。幸い梶はそれに気づかなかったようで、のんびりと車のハンドルを切る。

「今回の件で、スカートを汚した非礼は帳消しになりそうですか?」

すぐにはなんの話かわからず、一拍置いてから、ああ、と気の抜けた声を上げた。

「泥ならすぐに落ちましたから、お気遣いなく。もしかして、そのお詫びのつもりで宮本さんを紹介してくれたんですか?」

進行方向に目を向けたまま、「それもあります」と梶は笑う。

和子は口先で「そうですか」と呟き、胸のうちで、なんだ、とぼやいた。随分親切にしてくれると思ったら、泥を跳ねたことを気にしていたからか。横目で梶を見遣ると、鼻歌でも歌い出しそうな顔で運転をしている。これで貸し借りなしとでも思っているのだろう。

どんな理由であれ、宮本を紹介してもらえたのはありがたい。頭ではそう思うのに、腹の底がむずむずと落ち着かない。無自覚に口の端を下げた和子に、梶が楽しそうに言い足した。

「一番の理由は、和子さんのやる気に期待したからですけどね。店もなく、応援してくれる家族もなく、商売のイロハを教えてくれる先生もいない貴方が、どこまで行けるのか見てみたかったんです」

暗雲のように胸に立ち込めていた感情が、その一言でさっと晴れた。無言で梶に目を向けると、梶も一瞬だけこちらを見て、照れくさそうに正面へと視線を戻す。

和子も慌てて視線を前に戻し、だらしなく助手席のシートにつけていた背中を伸ばした。なんだか急に体が軽くなって、車に乗り込んでからずっと胸を覆っていた緊張感まで薄れたようだ。

(……他人に期待してもらえるのって、嬉しいものなんだな)

それに勇気が湧いてくる。自分が梶から欲しかったのはこの言葉だったのだろうか。そうかもしれない。大丈夫、と太鼓判を押してもらえた気分になった。

宮本の会社の前で車を止めた梶は、このまま近くの取引先へ向かわなければいけないらしく「俺はここまでですね」と運転席から声をかけてきた。

和子は礼を述べて車を降りる。また緊張がぶり返してきて膝が震えそうになったが、期待していると言ってくれた梶に無様な姿は見せたくない。気丈に胸を張って車を離れようとすると「和子さん」と呼び止められた。

運転席から助手席のサイドボードに手を伸ばして中を探っていた梶が、窓越しに何かを差し出してきた。どうぞ、と手渡されたのは、厚紙を丸く切り抜いたものだ。

「……コースターですか？」

「いえ、メンコです」

笑いながら、梶が同じものをもう一枚取り出して裏返す。そこには色ペンで着色された猫の顔が大きく描かれていた。

「知り合いの文房具屋の親父（おやじ）さんの手作りです。店で買い物をした子供たちにおまけであげるんだって張り切ってました。絵は親父さんが描いてるんであんまり上手じゃないけど、愛嬌（あいきょう）があっていいでしょう？　俺も気に入って何枚かもらったんです」

飼い猫をモデルにしているというその猫は黒と白のハチワレで、目つきが悪く、口もへの字に結ばれている。お世辞にも上手とは言えないが、ぶすっとした猫の顔にはえも言われぬ味がある。思わず笑みをこぼすと、車の窓枠に腕をかけた梶も一緒になって笑った。

「緊張するのはわかりますけど、笑ってた方が商談も円滑に進みやすくなりますよ」

そう言ってゆっくりと車を発進させる。和子が一歩退（の）いて頭を下げると、目線より高いところにある運転席から梶の声が降ってきた。

「応援してますから、頑張って」

再び顔を上げたときにはもう、梶の車は白っぽい土埃を上げて遠くへ走り去っていた。

それが見えなくなるまで見送って、和子はぎゅっとメンコを握りしめる。

その後は、宮本の会社の戸を叩くときも、商談の最中も、電車で家に帰ってくる間も、ずっとメンコを握って離さなかった。無愛想な猫が描かれたそれは、今は和子の部屋の机の中、一等大事なものをしまっているクッキーの缶にしまわれている。

「――和子？　どうしたの、ぼーっとして」

手足を投げ出し、天井を眺めて回想にふけっていた和子は、弥咲に上から顔を覗き込まれて慌てて起き上がった。

「ごめん、ちょっと、昨日のことを思い出してて」

「昨日は万事上手くいったんでしょ？　社長夫人と盛り上がったって言ってたじゃん」

弥咲の言う通り、昨日行われた宮本との初商談は想像以上に順調に進んだ。

会社とは名ばかりの大きな倉庫で和子を迎えてくれたのは、社長の妻である喜久子(きくこ)だった。宮本は午前中から出かけているらしく、まだしばらく戻りそうもないので代わりに自分が話を聞こうと、喜久子は和子にお茶を出してくれた。

倉庫の入り口に置かれた事務机を挟み、和子からこれまでの経緯を聞いた喜久子は「こんな若いお嬢さんが商売したいなんて、嬉しいこと」と思いがけなく喜んでくれた。

「――で、『いい心がけだから、息子の嫁に欲しい』とまで言われたんでしょ？」

　再び針を持った弥咲が、元太の野良着に針を通しながら口を挟んでくる。

「言われたけど、そんなのただの冗談だよ。息子さん、まだ中学三年生だって言うし」

「えー、ほんの五歳差じゃん。年取ったら関係なくなるって。社長の息子と結婚したら玉(たま)の輿(こし)だと思うけど。ぜひって言ってもらえたんでしょ？」

「お世辞だって。本気でゴボウみたいな私と結婚させたがるわけないでしょ」

　小学生の頃、色黒で背ばかり高い和子のことを同級生たちはそう言ってからかった。祖父の元太も「言い得て妙だ」と笑っていたくらいだ。和子自身そう思う。自分には、圧倒的に女性らしさや可愛げが足りない。ときどき近所から見合いの話が持ち込まれるが、全部悪い冗談にしか聞こえなかった。

「冗談はともかく、あの奥さんはいい人だったよ『若い娘さんを応援したい』って言ってくれて、少ない数でも商品を卸してくれることになったから」

　ほどなく宮本本人も帰ってきたが、すでに妻が乗り気だったおかげか、和子との取引に難色を示すこともなく自身の名刺を渡してくれた。連絡をくれればいつでも商品を届けに行くとも言ってもらって、今度こそ一鉄を説得できると思ったのだが――。

「なんで駄目だったの？」

会話の途中も休むことなく手を動かしていた弥咲に目を向けたら、嫌でも視線が鋭くなった。弥咲を睨んだわけではない。その手の中にある元太の野良着を睨んだのだ。

つい先ほどまで、和子は茶の間で晩酌をしている一鉄を必死で口説いていた。

家の一室を借りて店がやりたい。問屋とはもう話をつけてきた、店に関わることは全部自分がやる、家族に迷惑はかけない、もちろん家事も手伝う、結婚はしない、ずっとここにいる、と畳みかけると、ほろ酔いの一鉄の口元が微かに緩んだ。これはいける、と思った矢先、自室に戻って先に休んでいたはずの元太が茶の間に戻ってきたのだ。

元太は廊下に立って和子の言葉を聞いていたらしく、ずかずかと茶の間に入ってくると「そんなもん駄目に決まってる。客商売なんてみっともない」と言い放った。

元太は客にぺこぺこと頭を下げる接客業を下に見ている節がある。だから家族が商売をやるなんて決まりが悪いのだろう。

なんのみっともないことがあるのだと和子は憤慨したが、その一言で一鉄との交渉は終わってしまった。元太が自室に戻っても一鉄はもう口元を緩めようとしなかったし、和子が必死で頼み込んでも「祖父ちゃんが駄目だって言っただろう」と言うばかりだった。

あと少しというところで邪魔をしてきた元太に、猛烈に腹が立った。

元太の自室は、台所を抜けた先にある。そこまで怒鳴り込みに行ってやろうかと思ったが、台所で明日の仕込みをしていた芳江が不安そうな顔でこちらを見ているのに気づいて思い留まった。

元太はずるい。一つ言えば十返してくる和子とまともにやり合うことはせず、何も言い返せない芳江を陰で責めるのだ。和子は母親を人質に取られた気分で、憤りを呑み込んで二階に駆け上がることしかできなかった。

「和子のお祖父ちゃんが駄目って言ったらもう絶対駄目なの？　お父さんがこっそり手を貸してくれるとか、可能性ない？」

「ない。お父さんもお祖父ちゃんには頭が上がらないから」

どこの家だって似たり寄ったりだと思うのに、弥咲はぴんときていない顔だ。

「うちではお祖父ちゃんが一番偉いから、誰も逆らえないの。兄さんだって夢を曲げさせられたくらいだもの」

和子の兄は絵が得意だった。子供の頃から暇さえあれば絵を描いて、学校の先生からも絵の道に進むことを勧められたくらいに。本人も美術学校への進学を希望していたようだが、それを阻んだのが元太だ。「絵描きなんて、映画の看板を描くくらいしか仕事がない」と言い張って、美術を学びたいという兄の言葉を退けた。

結局、兄は宝石職人の道を志すことになった。絵画よりは宝飾品の方がまだその価値を理解できたのか、元太も今度は反対しなかった。高校を卒業した兄は師匠のもとに弟子入りして、独立するまで家に帰ってこない。家を出るとき「宝石の意匠を考えるときも絵は描けるから」と兄は笑っていたが、和子は納得できなかった。

「あのときは私、さすがにお祖父ちゃんと喧嘩(けんか)した」

「和子が？　お兄さんがじゃなくて？」

「兄さんは優しいから何を言われても黙って引き下がっちゃうもの。いつもそう。理不尽に怒鳴られても叱られても黙って耐えて、『しょうがないよ』って笑うの」

弟もそうだ。元太に駄目だと言われれば食い下がらない。それでも兄とは違って、納得のいかない理由で元太に叱られた後は悔しそうな顔をしていた。高校を卒業するとすぐ、元太の理不尽から離れるように東京の自動車工場に就職して家を出た。

元太に食ってかかるのは和子ばかりだ。兄が絵の道を閉ざされたときも、和子は元太の自室に怒鳴り込んでいって大喧嘩をした。激怒した元太が灰皿を投げつけてきても怯まなかった。それどころか、畳に落ちた灰皿を拾い上げて元太に投げ返そうとさえした。

あのときは、子供の頃から母や兄弟に横暴な振る舞いをしてきた元太に対して抱いてきた怒りが溶岩のように流れ出して自分を抑えられなかった。夢中で口を動かしていたので元太に対してどんな暴言を吐いたのか自分でも覚えていないが、元太は顔を真っ赤にして「出ていけ！」と叫んだ。

望むところだった。どうせ中学を卒業するのも目前だ。このまま中退しても構わないと思った。その気になればすぐにでも働く口など見つけられる。実家で機織りの仕事をしている友達の家に転がり込んで、住み込みで仕事をさせてもらってもいい。

そこまで考えて家を飛び出そうとしたが、後から追いかけてきた芳江に止められた。

芳江は震える手で和子の腕を摑み、涙声で「謝って、お願いだからお祖父ちゃんに謝って」と何度も繰り返した。

母とて兄の将来を憂える気持ちはあっただろうし、元太に対する不服だってあったはずだ。けれど三峰の家に嫁いできた以上、舅に逆らうことはできない。

項垂れて怯えたように肩を震わせる芳江を見て、急速に頭が冷えた。もうすぐ兄は家を出るし、弟は学校さえ卒業したらすぐにでも東京で働きたいと言っている。ここで自分まで家を離れてしまったら、芳江の味方がいなくなってしまう。

だから和子は、煮えくり返りそうな腸を抑え込んで元太に謝罪したのだ。

「お母さんはよそから嫁いできたから近くに親戚もいないしね。逆にこの近所にはお父さんの兄弟がいっぱい住んでて、お母さんに味方してくれる人は少ないの。それを想像したら出ていけなくなっちゃった。私がいなくなったら、きっと綾子叔母さんなんて嬉々としてうちに乗り込んでくるだろうし」

神妙な顔で和子の話に耳を傾けていた弥咲が、「綾子叔母さんって？」と尋ねてくる。

綾子は父の妹だ。父は四人兄弟の長男で、下に弟、妹、最後に綾子がいる。

和子がまだ小学生の頃、綾子はこの家の敷地内に建つ離れに暮らしていた。就職を機に引っ越したが、徒歩圏内にいることは変わらない。

「叔母さんは近くに家を借りてるの。環の家の近くだよ。電電公社に勤めてる」

「でんでん……？」

たどたどしい口調で繰り返され、こんなことも知らないのかと目を丸くした。

「電話はさすがにわかるよね？　叔母さんは電話の交換手をやってるの」

「あ、ＮＴＴみたいな会社ってこと？　凄い、インフラの最大手じゃん」

また妙な方言が出てきたが、一応伝わったらしい。

綾子は今年で三十五歳だが、実年齢よりもずっと若く見える。結婚はせず、淋しさとは無縁の華やかな独身生活を謳歌しているせいかもしれない。電電公社――正確には日本電信電話公社に勤めているだけあって、男並みに稼いで羽振りもいい。悠々自適の生活だ。

元太は末娘の綾子のことを未だに大層可愛がっていて、たまに綾子が顔を出すと、内孫である和子たちにすら見せたことのない顔で目尻を下げて笑う。それどころか、綾子が職場に持っていく弁当を芳江に作らせたり、普段は誰にも譲らない一番風呂を綾子に使わせたりと、目に余るほどの溺愛っぷりだ。

これで綾子が少しでも申し訳なさそうな顔をしてくれればまだ不満も呑み込めるのだが、綾子は家に来ても一切家事を手伝わず「私、お料理苦手だから。食べるの専門」なんて悪びれもせず言うのだからたまらない。元太も綾子の肩を持ち「早くに母親を亡くしたんだから仕方ない」などと言い出す始末だ。

「離れに住んでたときなんて本当に大変だったんだから。お化粧するとき、ずらっと並んだ化粧壜を片っ端から私に開けさせて、終わったら今度は閉めさせるの。それもほとんど毎日だよ？　鶯の糞のパックなんかも作らされたし、朝の忙しいときに『どの口紅が今日の洋服に合ってる？』とかしつこいくらい確認させられてさぁ……」

それは大変だ、と苦笑しながら、弥咲は壁に背を凭せかける。

「でも、服に合わせてちゃんと口紅を変えるなんて、おしゃれな人ではあるんだろうね。その叔母さんの影響で和子も化粧に目覚めたとか？」

「そ、ういうわけじゃ、ない、けど」

思わぬ角度から飛んできた質問に、自分でも露骨なくらい言葉を詰まらせてしまった。切れ切れに弥咲の言葉を否定しつつ、でも綾子がいなければ、自分で化粧品を売ろうとは思わなかっただろう、とも思う。

「そういえば、和子って全然お化粧しないよね。お風呂上がりに化粧水と乳液つけるくらいで。自分で売ろうとするくらいだから、お化粧品が好きなんじゃないの？」

立て続けに触れてほしくない話題が飛んできて体が強張った。ほつれ毛を耳にかけ、どう返すべきか必死で頭を巡らせる。

「……好きだよ。容器とか綺麗だし、並べてるだけで見惚れちゃうし」

「あ、わかる。私も口紅とかアイシャドウとか一生かかっても使いきれないくらい持ってるのに、ついパケ買いしちゃうんだよね。溜まってく一方だよ」

弥咲こそまったく化粧っけがないくせに、そんなにも多くの化粧品を持っているなんて意外だった。今でこそ洗いざらしの顔に和子が着古した服など着ているが、東京ではもっと華やかな世界で生きていたのかもしれない。

「弥咲はお化粧、好きなの……？」

「好きっていうか、身だしなみの一環だから。会社行くときにすっぴんはさすがにまずいし。あ、和子もお店に立つとなったらお化粧したらいいんじゃない？」

「でも、私……お化粧似合わないから」

「似合わないことないでしょ。口紅はみ出したとか、マスカラ滲んでパンダ目になったとか、多少失敗して恥かくことはあってもさ」

恥をかく、という言葉が、ざっくりと胸に突き刺さって息を呑んだ。弥咲の言葉が引き金となり、嫌な記憶が逆流する。土砂に呑まれるような恐怖と、裸で人前に引き出されるような羞恥が同時に襲いかかってきて声が出ない。

どうしたの、と尋ねてくる弥咲の声が遠い。和子はとっさに拳を握りしめると、襲いくる幻覚に抗うように力いっぱい畳を叩いた。

「そんなことより、商品を仕入れよう！」

声を張り上げ、頭の中になだれ込んでいた過去の情景をかき消した。突然大声を出したせいで弥咲にはぎょっとされたが、気にせず続ける。

「まずは日用雑貨と台所用品を揃えよう。宮本さんに相談しなくちゃ」

「え、でも、お祖父ちゃんは反対してるんだよね？」

「玄関をふさぐくらい大量の商品を仕入れちゃえばさすがに反対しきれないでしょう」

「うわ、強行突破じゃん。いつもながら無茶するなぁ」

口ではそう言いつつ、弥咲はどこかわくわくした顔をしている。

「でもそれだけの商品を仕入れるとなったら、結構お金がかかりそうだけど？」

「うん。問題はそこなんだよね」

真剣な顔で頷き返すと、楽しそうだった弥咲の顔から表情が抜け落ちた。ぽかんとした顔で和子を見て、まさか、と身を乗り出してくる。

「お金、ないの？　え、全然？　せめて一回分の商品を仕入れるくらいは……」

「ない。お年玉の残りくらいしか」

「小学生かよ！　そんな状況であんなにガンガン動き回ってたわけ⁉　わざわざ問屋のところにまで押しかけて？　嘘でしょ、その行動力が怖い……！」

和子は弥咲の言葉を聞き流し、現状最も現実的な手段を口にする。

「まあ、最悪は宮本さんに頼み込んで代金を後払いにしてもらうとか」

「ちょっと、本当にやりそうだからやめて！」

「買掛で買い物するのはそう珍しいことでもないけど？」

「だとしても金額がデカくなるから！　せめてちょっとくらい資金貯めてからにして！」

弥咲の顔は怖いくらいに真剣で、さすがに頷かざるを得なかった。それでも渋々といった表情は隠せなかったのだろう。弥咲はもどかしそうに唇を震わせ、最後は力尽きたように肩を落とす。

「……やったもん勝ちって、和子のためにある言葉だね」

「やらずに負けるよりは断然いいよね」

「和子らしいけどさぁ……」

ぼやくような言葉を、声を立てて笑い飛ばす。

未来のことを見据えたせいか、過去から追い縋ってくるあの不快な思い出は、頭の中からすっかり追い落とされていた。


元太に反対されて以来、一鉄は和子の話に生返事しかしてくれない。

これは弥咲の言う通り、牛乳配達でも新聞配達でもして資金を貯めるのが先か。覚悟を決め、本気で仕事を探し始めた矢先、叔父の勝次が和子の家を訪ねてきた。

「こんにちはー。もうお彼岸だってのにまだまだ暑いねぇ」

日曜の夕時、そんな挨拶とともに玄関の戸を潜った勝次は、縁の太いセルロイドの眼鏡をかけ、短く刈り込んだ頭にカンカン帽をかぶっている。和子が玄関先まで出迎えると「久しぶり」と歯を見せて笑ってくれた。口数の少ない一鉄とは対照的に、勝次は陽気で社交的だ。兄弟の中では、綾子に次いで元太に可愛がられている。

勝次は一鉄を訪ねてきたらしく、客間に招かれるとすぐに一鉄と縁側で煙草を吸い始めた。勝次も一鉄と同じ鉄道会社に勤めているので、仕事のことで何か相談しに来たのかもしれない。互いに所帯を持ってなお、勝次は兄の一鉄を頼りに来るし、一鉄も当然の顔でそれを受け入れる。

「お茶を出しに行くついでに、叔父さんに夕飯も食べていくのか訊いてみてちょうだい」

と芳江に言われ、和子は湯呑の載った盆を手に縁側へ向かった。

縁側は大きく開け放たれ、煙草の煙が夕空に伸びていく。ちょうど会話が途切れたところだったのか、無言で煙を見上げる二人の背に「お茶が入りました」と声をかけた。

「ああ、和子ちゃんありがとう。そういえば、最近同居人が増えたんだって？」

弥咲のことだろう。今は台所で芳江と夕食の支度をしている。和子は肩越しに台所を振り返り「ちょっとした縁で」とだけ答えておいた。

「ところで、お夕飯どうします？　うちで召し上がっていきますか？」

「それじゃ、ご相伴にあずかろうかな。実はそのつもりで家族にも、夕飯はいらないって言ってあるんだ。食いっぱぐれずに済んだな」

自前の扇子でバタバタと首元を扇ぎながら、勝次は声を立てて笑う。その隣で一鉄はにこりともせず無言で煙草をくゆらしているのだから、つくづく対照的な兄弟だ。

勝次の言葉を芳江に伝えるためその場から立ち去ろうとしたら、「和子ちゃん」と勝次に呼び止められた。

「風の噂で聞いたんだけど、和子ちゃんお店屋さん始めたいんだって？」

どきりとして、とっさに一鉄へ目を向けた。和子が店をやることを一鉄は賛成していない。嫌な顔をされるかと思ったが、煙草をふかすその横顔に表情はなかった。

勝次に手招きされ、和子は居心地悪くその場に座り直した。環に問屋を紹介してほしいと頼みに行った時点で、遅かれ早かれ親戚の誰かにも噂は届くだろうと覚悟していたが、計画が暗礁に乗り上げている今、あれこれ聞かれるのは具合が悪い。

勝次も「商売なんてみっともない」なんて言い出す気かと身構えたが、下膨れ気味のその顔に浮かんだのは恵比須様のような満面の笑みだ。

「いいなぁ、叔父さんもいつか自分の店を持つのが夢なんだ。そのためにサラリーマンになって、今はお金を貯めてる最中。和子ちゃんは若いのにどんどん行動して偉いもんだ。もし商売が軌道に乗ったら、叔父さんも一枚嚙ませてくれない？」

これには和子だけでなく、一鉄も驚いたような顔になった。勝次が店をやりたいなんて一鉄も初耳だったようだ。

思わぬ援護射撃に、和子も体が前のめりになる。

「ええ、ぜひ！　問屋さんとはもうお話ししてきたんです。社長の奥さんがいい人で、少数でも商品を卸してくれるって約束してくれて……」

「お、もうそこまで話を詰めてるの？　そりゃ凄い」

「お店は、この家の玄関脇の部屋を使えたらと思ってます。味噌樽さえどかせばそれなりに広さもありますし」

「いいね、あの部屋なら道路に面してるし、玄関脇に看板でも立てれば歩いてる人の目にも留まる」

「ただ、商品を仕入れるお金がまだ工面できていなくて――」

「だったら叔父ちゃんが少し出してやろうか？」

勝次の口調はあくまで軽い。冗談とも本気ともつかなかったが、断るという選択肢などあろうはずもない。一も二もなく飛びつこうとしたら、それまで黙っていた一鉄が「おい」と低い声で割り込んできた。

一鉄は灰皿で煙草の火を揉み消すと、横目でじろりと勝次を睨む。

「子供に飴玉をくれてやるんじゃないんだぞ。冗談のつもりならやめておけ。和子が本気にする」

「本気にしてくれて構わないよ。和子ちゃんが先に店を出しておいてくれれば、俺が店を出すときに何かと助言をしてもらえるだろうし。問屋やお客さんも紹介してもらえる」

眼鏡の奥の目を細め「損はない」と勝次は笑う。

一鉄の視線がわずかに揺れた。迷っている。それを見て取った和子は、仕掛けるなら今だと勢い身を乗り出した。

「お父さん！　そろそろ兄さんが宝石の修業から帰ってくる頃だと思うの！」

兄が家を出てから六年近く経っている。そろそろ独立が許されても不思議ではない。

わざとらしくしかめっ面を作って振り返った一鉄を見上げ、和子は一転声を落とした。

「兄さんが帰ってきたら、うちで仕事をすることになるのよね？　でも、急に兄さんがここに戻ってきても、すぐにはお客さんがつかないと思うの。そもそもこんな普通の家で宝石の仕事を請け負ってるなんて、誰が気づくと思う？」

勝次はパタパタと扇子を扇ぎながら、面白そうな顔で和子と一鉄の様子を見守っている。

一鉄は腕を組んでこちらを見ようとしないが、構わず続けた。

「でも私がお店を開けていれば、『あの家は商売をやっている』って近所の人たちはわかってくれる。すぐに私もお客さんたちに紹介できるよ。兄が宝石の仕事を始めました、冠婚葬祭の際はどうぞご贔屓（ひいき）にって。万が一私のお店が上手くいかなくなったとしても、店舗はそのまま兄さんの仕事場として使える。損はない！」

勝次の言葉を借りて言い切ると、「そうだよ」と勝次も声を合わせてくれた。

「和子ちゃんの言う通りだ。お兄ちゃんが帰ってくる前に店を用意しておいてあげると思えばいい。悪くない計画だと思うよ」

一鉄は苦々しげな顔で奥歯を噛むと、縁側に置かれていた煙草を乱暴な手つきで取った。マッチで煙草に火をつけ、せっかちに煙を吐いて黙り込む。

これはいつもの調子で黙殺されてしまう流れか。がっかりして溜息をついたら、煙草の煙に交じって一鉄のしゃがれた声が軒先に響いた。

「……商売をやるなんて、そんなに簡単なことじゃないんだぞ。一度始めたら、すぐに辞められるもんでもない」

会話が続いていたことに驚いて、和子は慌てて姿勢を正した。庭に顔を向けたままこちらを見ない一鉄の横顔を一心に見詰め、わかってる、と頷く。

「前も言ったけど、私は結婚するつもりはない。一生ここでお店をやる。花嫁支度の代わりに、お店を持たせてほしい」

一鉄は庭の隅を見遣ったまま、深く吸い込んだ煙をゆっくりと吐く。煙に目を眇めるその横顔を祈るような気持ちで見ていると、勝次が言葉を添えてくれた。

「兄さん、和子ちゃんは本気だよ。いいじゃない、一度やらせてみてあげれば」

「……簡単に言うな」

「和子ちゃんは可愛い顔して頑固だよ？　子供の頃だって、芳江さんの実家で店番するって家出同然で飛び出したことがあったじゃない。あのとき血相変えて迎えに行ったこと忘れたの？」

一鉄が顔をしかめる。当時の記憶は和子もおぼろだが、自分を迎えに来た父はどんな顔をしていただろう。いつものような無表情で、嫌がる和子を無理やり抱えるようにして連れ帰っていったような気がするが。

もしかしたら、自分が思う以上に心配して駆けつけてくれたのかもしれない。

「和子ちゃんももう大人だ。今度は親戚の家に行っちゃうくらいじゃ済まないかもしれないよ。目の届かないところに行かれるより、すぐ近くでお店でも開いていてくれた方がいいと思うけどね」

一鉄が無言で煙草に口をつける。だんだんと暗くなってきた軒下に、蛍のように煙草の赤い光が灯る。一瞬だけ強く光って、またしぼんでいく煙草の火を、和子はものも言わずに見詰め続けた。

マッチ売りの少女がマッチに灯る火の中に自身の夢を垣間見たように、一鉄の煙草の火を見ているると過去の様々な情景が脳裏を過った。記憶の中の一鉄は、大抵煙草を吸っている。他人と一緒にいるときは特に、口数の少ないのをごまかすように。

芳江の実家まで和子を迎えに来てくれたときも、一鉄は煙草を吸っていただろうか。勝次の言葉に一鉄がどう答えるかより、和子を迎えに来てくれた一鉄の顔を思い出そうと必死になって、返答を急かすことができない。

　無言の縁側には立ち上る煙草の匂いと、薄く夕飯の匂いが流れていた。


　一鉄が煙草を吸い終えないうちに元太が山仕事から帰ってきて、すぐに勝次を交えた夕飯となった。このまま店の話はうやむやになるのではと危ぶんだが、意外にも、食事の席で和子の店の話題に触れたのは、一鉄だった。

「和子が店をやりたがっているようだが」と、それだけだったが、これまで元太の前では頑(かたく)なに和子の店に言及しなかったことを思えば、大きく背中を押された気分だ。

　当然、元太はいい顔をしない。「商売なんてみっともない」と例のごとく繰り返したが、今夜は勝次が援護してくれた。

「俺もいずれ店を開きたいと思ってるよ」と勝次が笑顔で言うと、元太はぴたりと商売を腐すことをやめた。勝次は次々と元太の猪口に酒を注(つ)ぎ、「さすが、父さんと一緒に暮らしてるだけあって和子ちゃんはしっかりしてるなぁ。もう先のことを見据えてるなんて」などと言って元太をいい気分にさせてしまう。お喋りで調子のいい勝次は、太鼓持ちが抜群に上手い。気難しい元太さえ持ち上げて、掌の上でいいように踊らせてしまう。世辞の類(たぐい)が苦手な一鉄と違って、臆面もなく自分を持ち上げてくれる勝次のことを元太も気に入っている。最後はいい塩梅(あんばい)に酔っ払った元太から「店をやりたいなら好きにしろ」と言わしめることに成功した。天晴(あっぱれ)だ。

かくして和子は、無事実家の玄関脇で店を開くこととなった。

元太が了承したとなったら話は早い。翌週には一鉄の知り合いだという職人が家までやってきて、玄関脇の一室を改装し始めた。

職人たちは毎日朝早くから、日が暮れるまで作業を行う。そして昼休みの他に、十時と十五時に必ず休憩を取った。その際に振る舞う飲み物やちょっとした軽食を用意するのは和子たち家族の務めだ。

昼食後、台所で午後の軽食の用意をしていると、傍らで弥咲が溜息をついた。

「少し前まで仕入れのお金もないって言ってたのに、こんな大改造が始まるなんてね」

「私も、ちょっと部屋を貸してもらうだけのつもりだったんだけど」

今や部屋の畳ははがされてコンクリートの床になり、道路に面した壁も壊され、ガラスの引き戸がはめられている。軒先には赤と白のストライプが入った日よけがかかり、外観は一気に店らしくなった。

随分大掛かりになってしまったが、決して和子からこうしてほしいと頼んだわけではない。和子そっちのけで一鉄と職人たちが作業を進めた結果である。

「お父さん、レジスターまで用意してるみたい。ガラスのショーケースまで買ったって。兄さんが帰ってきたら使わせるつもりかもしれないけど、しばらくは日用雑貨と台所用品しか売る予定ないのに」

「でもさ、こうして工事してると近所の人が何事かって覗きに来てくれるからいいよね。チラシとか作るまでもなく『もうすぐここにお店ができます』って宣伝できる」

「そうだね。近所の人たちから、お店にこんなものを置いてほしいって要望も聞かせてもらえるし」

　店に食品類は並べないつもりだったが、「お茶は置かないの？」と言われて多少の軌道修正もした。要は腐らなければいいのだ。缶詰ぐらいは置いてもいいかもしれない。

「それにしても、お父さんがこんなに張り切って準備してくれるとは思わなかった。もしかして、お父さんもお店に興味があったのかな？」

　ふと思いついて口にすると、弥咲がすっぱいものでも食べたような顔で口をすぼめた。その表情のまま横目で和子を見て、「どうかなぁ……」などと歯切れ悪く呟いている。

「何？　変な顔して。まさかおにぎりに入れる梅干しつまみ食いしたの？」

　弥咲はモゴモゴと口を動かし、最後は何か呑み込むようにごくりと喉を上下させた。

「いや、和子はそのままのびのびやっていいと思うよ」

何やら話の前後がつながらない気がしたが、それ以上問い詰めても弥咲は何も言わない。やっぱり梅干しの一つや二つ、和子の目を盗んで食べていたのかもしれなかった。

職人たちが張り切ってくれたおかげで改装作業はつつがなく進んだ。宮本からも無事商品を仕入れ、和子の店はめでたく十月の頭に開店した。

さすがにしばらくは開店休業状態が続くことも覚悟していたが、予想に反して近所の人たちが次々と店を訪れてくれた。

基本的に、店は月曜から土曜まで開けっ放しだ。営業時間なども明確に決めていないので、朝早くから店の戸を叩く人もいれば、そろそろ床に入ろうかという頃に慌てて店に飛び込んでくる人もいる。そういうときは近所のよしみで店を開けた。その気軽さもよかったのかもしれない。

店を始めてからも和子は習い事を続けていたので、四六時中店番はしていられない。そういうときは、代わりに弥咲に店番を頼んだ。他人の視線に怯みがちな弥咲には難しいかとも思ったが、弥咲は二つ返事で了承してくれた。

「そりゃ最初はじろじろ見られて居心地悪かったけど、なんだかんだここで暮らすようになってから一か月以上経ってるからね。隣近所の人なら面識もあるし、大丈夫！」

そう言って胸を叩いた弥咲は、和子より先にレジスターの操作方法を覚え、危なげなく店番をしてくれた。どうもここへ来る以前、この手の仕事をしていたことがあるらしい。

「言ってもコンビニバイトだけど。チケットの発券だの各種IDの支払いだの、複雑怪奇な作業がごまんとあったあれに比べたら、計算機能しかついてないレジなんか楽勝」とのことだ。相変わらず訛り(なま)が激しい。

そんな弥咲だが、店を訪れた客が「今ちょっとお金持ってきてないから」と言って商品を持って店を出ようとしたときは、血相を抱えて後を追おうとした。

「か、か、和子、あれ……ま、万引き……！」

「違うよ、掛けで買ってくれたんだよ」

弥咲の手を引き、レジ台に戻って傍らの帳面を指さす。

「これ、売掛帳。ここに、いつ、だれが、いくら商品を買ったか書いておくの。掛けで買った人のところには、月末に請求書を持って集金に行く」

「え、何その謎システム……」

心底腑(ふ)に落ちない顔をされてしまったが、別に珍しい買い方でもない。そもそもこの辺りの主婦はあまり現金を持ち歩いていないのだ。

「なんで⁉」

「だって現金なんて持ち歩いて落としたら困るじゃない。だったら家に取りに来てもらった方が安全だし、買い物のたびにいちいち会計しなくていいから楽だし」

「た、確かに、考え方としてはキャッシュレス決済と一緒か……？」

弥咲もいったんは納得しかけたものの、すぐに新たな疑問に直面したようだ。

「でも、買い逃げとかされない？　しらばっくれられたり……」

「されないよ。みんな顔見知りだもん」

弥咲はぐっと押し黙り、口に含み切れないくらい大きなものを無理やり呑み込むかのような苦しい顔で頷いた。

「これだけ近所の人たちが密接なつき合いをしてたら、嫌でも相互監視状態になるわけね。アパートの隣人の名前さえ把握できてない令和では考えられない話だな……」

隣人の名前すらわからないなんて、毎度のことながら弥咲は一体どれほど荒廃した町で暮らしていたのか心配になる。

最初こそ売掛に戸惑っていた弥咲だが、すぐにそれも慣れたようだ。これまで弥咲を胡乱な目で見ていた近所の人たちも、店番をしている弥咲と実際口を利くうちにゆっくり打ち解けてきてくれた。これは嬉しい誤算である。

嬉しい誤算はもう一つあった。主要な客は近所に住む主婦たちと踏んでいたのだが、家の近くにある大学へ通う女子学生も頻繁に店を訪ねてくれたのだ。和子が自分で使うつもりで仕入れたストッキングを店先に置いておいたら、意外とこれがよく売れる。学校から近いこともあり、登下校中に寄ってくれる学生も多い。

これは同年代の女性客が喜びそうな品を店先に並べてもいいのでは、と思い至った和子は、早速宮本に相談してファンシーグッズなども仕入れることにした。陶器でできた可愛らしいキューピットの置物だとか、クマの貯金箱、花の模様が描かれたブリキの缶に置時計。半ば自分の趣味を反映したような商品を置いてみたら、これでまた女子大生の客が増えた。

しかし、何よりも女子大生の来客を増やした要因は、生理用品である。

店に日用雑貨を置くとなったとき、和子は絶対に生理用品を売ろうと決めていた。そうすれば和子自身、近所の薬局に買いに行かずに済むからだ。

和子の家の近くにある薬局では、白髪の老婆か、三十代の男性のどちらかが店番をしている。男性が店番をしているとき、和子は生理用品を買うことができず店の前を不要にうろうろしてしまう。相手が女性店員であってさえ多少の気恥ずかしさを覚えるのだ。男性の前で生理用品を買うのはそれ以上の抵抗があった。

自分の店に生理用品を仕入れたときは、大きくてかさばるそれをそのまま棚に置くのも気が引けて、花柄の綺麗な紙袋に包んで商品棚に置いた。初めてそれを客に手渡したときは「これに入ってるの?」と驚かれたものだ。

それまではむき身で受け取るしかなかった生理用品が、ちょっと素敵な袋に入って手渡される。傍から見ても、何を買ったのかすぐにはわからない。そういう売り方にして以来、店に生理用品を買い求めに来る女性が増えた。ついでのように雑貨や日用品なども買っていってくれるのでありがたい。

一緒に店番をしている弥咲も、花柄の紙袋に入れた生理用品を見て感心してくれた。

「時代の先駆けってやつだね。レジに持っていくのに抵抗がないよう、企業がパッケージを改良するのってかなり先の話だよ。和子はもうこんなところに気が回ってるんだなぁ」

それから急に真顔になって、和子の顔をじっと見る。

「やっぱり、和子には商才があるんだ」

冗談とも思えない顔でそんなことを言われたときは、さすがに照れくさかった。

近所の人たちも店を見て「立派なお店ね」「和子ちゃんのお店があると便利だわ」「商売上手」などと口々に褒めてくれる。

店を開く前は多少の不安もあったが、日ごと薄皮をはぐように不安な気持ちが消えていく。ただただ、やってみたい、という気持ちに突き動かされて開いた店だが、もしかしたら自分には本当に商才とやらがあるのかもしれない。

少しばかり鼻が高くなっていた。しかし、得てしてそういうときに招かざる客はやってくるものだ。

近所に住んでいる和子の叔母、綾子が店にやってきたのは、開店から十日ほど過ぎた頃のことだった。

花に嵐

秋晴れの昼下がり、華道教室の稽古を終えた和子は急ぎ足で自宅へ向かっていた。店番は弥咲がしてくれているのでそう急ぐ必要もないのだが、自然と足が速くなる。

幸いにも、弥咲は店番を苦にしていない。その間は刺繡ができるからだそうだ。

先日、和子の部屋の掃除をしていたら、押し入れの奥から刺繡糸と針が入った刺繡箱が出てきた。裁縫上手な弥咲にそれを見せると、弥咲は宝石箱でも見つけたように興奮して、針と糸を借りてもいいかと尋ねてきた。

和子が刺繡に熱中していたのはもう何年も前の話だ。箱ごと手渡すと、弥咲は本当に嬉しそうな顔をして刺繡箱を胸に抱えた。それ以来、家事や店番の合間を見つけては、端切れなどに刺繡をしている。ただの手慰みだと弥咲は謙遜するが、様々な種類のステッチを駆使して施されるそれは、和子も目を瞠(みは)るほどの出来栄えだ。

(今度弥咲に、ハンカチに刺繡をしてもらおうかな)

そんなことを思いながら帰宅すると、店のガラス戸越しに女性の後ろ姿が見えた。お客さんかな、と気が急いたが、それが誰なのか気がつくや、たちまち和子の足は鈍る。

レジ台を挟んで弥咲と話をしている女性は、大きな花柄のワンピースを着て、耳を隠すくらい伸ばした髪の先にパーマを当てている。耳元には大きなイヤリング。この辺りではいささか目立つあの姿は間違いない、叔母の綾子だ。

うっかり足を止めてしまいそうになった。綾子は苦手だが、自分の店にいる以上応対しないわけにもいかない。己を鼓舞し、鈍った歩調を無理やり戻して店に入った。

「綾子叔母さん、こんにちは」

ガラス戸を開けながら声をかけると、綾子と弥咲が同時にこちらを振り返った。綾子のことだ。身元の定かでない弥咲に根掘り葉掘り無遠慮な質問でもしていたのでは、と危惧したが、弥咲が笑顔で「お帰り」と出迎えてくれたのでほっとした。

「和子ったら、お店放り出してどこに行ってたのよ。せっかく昼休みに仕事を抜け出して顔を見に来たっていうのに」

綾子は細く整えた眉を上げ、くっきりと紅を塗った唇に笑みを浮かべる。

「放り出してたわけじゃありません。お花のお稽古に行ってたんです」

「それを放り出すって言うんじゃない。お店を持ったのにまだ習い事なんて続けてるの？」

和子はぐっと言葉を詰まらせる。習い事は花嫁修業の側面が強く、一緒に教室に通っている生徒も結婚すればやめていくのがほとんどだ。それなのに、未だ習い事を続けている和子を綾子は容赦なく当てこすってくる。店と、結婚と、まだ両方の選択肢を捨てきれないでいる自分の本心を炙り出されたようで押し黙った。

「あの、でも、店番なら私が和子の代わりにやってますし」

とりなすように口を挟んできた弥咲を、綾子はじろじろと観察する。

「でも貴方、この店の店員じゃないんでしょう？　お給料もらってないんだから」

「その分、居候させてもらってますから。店番だけじゃ足りないくらいです」

ふぅん、と鼻先で返事をして、綾子はぐるりと店内を見回した。

「それにしても、兄さんも娘には甘いわねぇ。こんなに立派なお店を用意してあげるなんて。和子は一生ここでお店をやっていくつもり？　お婿さんでも取るの？」

「――私、結婚はしません」

一鉄の前で同じ言葉を口にしたときより、断然声に重みが増した。直前まで自分が抱えていた迷いを振り切るつもりで宣言したが、綾子は「あら」と眉を上げる。

「あんなに花嫁修業してたのに？　お茶に、お花に、和裁に洋裁、お料理教室も行ってたじゃない？　お月謝だって安くなかったでしょうに、もったいない」

「お稽古もやめます」

頑なな口調で言い返すと、綾子がふっと唇から息を吐くようにして笑った。

「無理して私の真似しなくたっていいじゃない。結婚もいいと思うわよ?」

「別に叔母さんの真似をしてるつもりはありません」

「そお?　子供の頃は私の服でも靴でもなんでも真似してたのに」

いつまでも昔のことを引き合いに出す綾子に苛々するが、事実であるだけに言い返せない。もどかしく唇を引き結ぶと、綾子が靴の踵で軽やかに床を蹴って和子との距離を詰めてきた。鼻先を甘い香水の匂いが掠め、目の前に化粧を施した綾子の顔が迫る。

「貴方、未だにお化粧してないのね。もう二十歳でしょう、口紅の一つも塗ったら?」

何気ない口調だった。でもそれを耳にした瞬間、まだ血の滲む傷口を鋭い爪で抉られたような激痛を覚えて息を呑む。

言葉も出ず、表情も作れない。真っ赤な口紅を引いた綾子の口元が大写しになって、視線を引きはがすように横を向いた。どうせ、と呟いた声が震えていて、一度唾を飲んでから言い直す。

「どうせ、私には似合いませんから」

低くしゃがれた声しか出ない。

目の端で綾子が眉を寄せたのがわかった。真正面からその顔を見返すことはできず視線を斜めに落としていると、綾子が両手を腰に当てる。

「貴方、いずれはここで化粧品を売りたいんでしょう?　環ちゃんから聞いてるわよ」

和子は口から漏れかけた呻き声を喉の奥で押し潰す。綾子の借りている家と、環の家は距離が近い。いずれ噂は伝わるだろうと思っていたが、今更ながら環にはあれこれ喋りすぎたと後悔した。

「化粧は似合う、似合わないじゃないのよ。似合うように研究するの。口紅だってたくさん色があるんだから、自分に似合う色を探すところから始めなきゃ。貴方そんな調子で、お客さんからお化粧の仕方を教えてほしい、なんて頼まれたらどうするの？」

綾子の言うことはいちいちもっともで耳が痛い。何か言い返しても倍の言葉が返ってくるのはわかりきっていて、無言で綾子に横顔を向け続けた。

頑なな和子の横顔に呆れたような溜息を吹きかけ、綾子は店の入り口へ向かう。

「お店に並べる商品も、ちょっと考えた方がいいわよ。今は兄さんの顔を立ててお客さんが来てくれてるだろうけど、そのうち閑古鳥が鳴いちゃうんじゃない？　せめて近所の薬局に行って、雑貨をいくらで売ってるか視察してきたら？」

かつかつとヒールの音を響かせ、綾子は店を出ていってしまった。

和子は睨むような目でその背を見送り、踵を返して弥咲のもとへ駆け寄る。

「弥咲、大丈夫だった？　叔母さんに何か嫌なこと言われなかった？」

「え？　全然。普通にお喋りしたよ。『今度うちにも遊びに来て』って言われたし」

よそ者扱いや、質問攻めにはされなかったようでほっとしたものの、綾子の後ろ姿を目で追っていた弥咲が「さっき叔母さんが言ってたこと、一理あるんじゃないかな」などと言い出して目を剝いた。綾子の肩を持つ気か、とカチンときたのは言葉にせずとも伝わったらしく、弥咲が慌てて弁明してくる。

「だってほら、このお店まだあんまり品揃えよくないし、空いてる棚も目立つしさ。在庫も少なめにしてるから、落とし紙とか洗剤とか、よく売れるものはすぐ品切れになっちゃうでしょ？」

弥咲の言う通り、まだ店を始めたばかりということもあり、宮本から仕入れた商品は少なめだ。売れ残るよりは足りない方がいいだろう、と思ったが、思った以上に開店初日から人が来てくれたので、今はかなり棚が空いてしまって閑散とした印象すらある。

「それに比べると、やっぱり近所の薬局は品揃えがいいから。そういうところで劣る分、ちょっと価格を抑えるとかした方がいいのかなって思って。せめてお店が軌道に乗るまで、開店セールみたいな感じで……」

弥咲の言っていることはもっともだ。頭ではそう思うのに、それが綾子の言葉に触発されて出てきた意見だと思うと上手く呑み込めない。

昔から、綾子の言葉を冷静に受け止めることが和子にはできない。

遠い昔、ざっくりと綾子に抉られた傷が痛む。体のどこかに傷をつけられたわけでもないのに、未だに綾子と顔を合わせると、拍動に合わせるようにどくどくと胸の奥が痛んだ。

傷口から血が滲むように、胸の奥からじわりと昔見た光景が滲んできそうになって、意識を逸らすように深く息を吐いた。

「お客さんならもう十分来てるんだから、大丈夫。次に宮本さんに商品を卸してもらうときはもう少し多めにする」

「うん……そう、そうだね。ごめん、私もお店のことはまだよくわかんないから上手くアドバイスとかできなくて……」

真昼の朝顔のようにしおれる弥咲を見ていたら、胸に積乱雲のような責任感がもくもくと湧いてきて、自然と背筋が伸びた。

「商品の内容も少し変えてみる。私もいろいろ考えるから、弥咲は心配しないで」

右も左もわからぬ状態で店を始めることを決意して、なんだかんだとここまで来たのだ。自分なりに工夫をすれば、もっと売り上げを伸ばすことだってできる。

(叔母さんに心配される必要なんてない)

和子は唇を引き結び、早速弥咲に代わって店番に入った。


和子が店を始めてから、一か月が経過した。

十月が終わり、風が一気に冷たくなる。北風がカタカタと店の引き戸を揺らし、コンクリートを打ちっぱなしにした店内の床は、昼間にもかかわらず足元に冷気が這うようだ。

改装の際、和室と接していた壁を壊したので、店から直接家に上がることができるようになった。店先で客の声がすれば家の奥にいても十分聞こえるし、四六時中店にいる必要もないのだが、和子は朝からずっとレジの前で店番をしていた。

ときどきガラス戸が揺れる音がする以外、店内は静まり返っている。家の奥からも物音はしない。今日は弥咲が芳江と一緒に畑仕事に出ているし、元太も弁当を持って山に入ってしまったので、家の中は和子一人だ。

もう昼近いが、まだ一人の客も来ない。

日用雑貨を売っている店なんてそんなものだ。洗剤にしろシャンプーにしろ、一度買ってしまえば一か月はもつ。連日連夜、引きも切らず客が足を運ぶような店ではない。そうとわかってはいても、和子は焦りを隠せなかった。じっとしているとたまらない気持ちになって、朝から店の掃除ばかりしている。

固く絞った雑巾で棚を拭き、店内に視線を走らせる。少し前まで棚には空きが目立ったが、今は隙間なく物が並んでいた。商品の数だけでなく種類も増やしたからだ。新たに手芸用品も売ることにしたので全体的に彩りがよくなった。棚にはピンクや水色の毛糸玉が並んでいるし、色とりどりの絹糸もある。

店を始めた当初は、自分の選んだ品物が棚に並ぶのが嬉しかった。でも今は、棚に無理やり詰めた大量の毛糸や絹糸が膨れ上がって床になだれ落ちてきそうで不安になる。それでいて、商品が売れて少しでも棚に隙間ができたら、すぐさま空いた場所に品物を入れてしまう。そうしないではいられない。というよりは、そうせざるを得ないのだ。

レジ台の裏に置いた椅子に腰を下ろすと、昼からどっと溜息が漏れた。胃がキリキリして、正午近いというのにちっとも空腹を感じない。

机に凭れて項垂れていると、がらりと店の戸が開いた。

来客か、と勢いよく顔を上げた和子は、店内に入ってきた人物を見て目を見開いた。

戸口にいたのは背の高い男だった。赤いペイズリー柄のシャツを着て、顔に大きなサングラスをかけている。派手で、いかにも柄が悪そうで、和子の体から血の気が引いた。家の中には自分しかいない、質（たち）の悪い押し売りか何かだったらどう対処すればいい。

応戦か、逃走か、目まぐるしく考えていたら、男がひょいとサングラスを上げた。

「こんにちは。お久しぶりです」

サングラスの下から現れた目元に笑い皺が寄る。見覚えのある笑顔に、あっと小さく声を上げた。

「か、梶さん……？」

前回は白いシャツに紺のズボンと無難な格好をしていたので気がつかなかった。こうして顔を合わせるのは宮本の会社に送ってもらったとき以来なので、二か月ぶりの再会だ。

「誰かと思いました……」

気が抜けて、浮かせかけていた腰をへなへなと椅子に下ろした。梶は胸のポケットにサングラスをしまい、「服のせいですかね」と快活に笑う。

「このシャツ、ご近所さんが作ってくれたんです。自分でスカートを作るつもりで布を買ってきたものの、やっぱり派手すぎるからって。これだけ派手ならいっそサングラスでもかけて、思いっきり軟派にしてみようと思ったんですが、似合いませんか？」

梶は腰に手を当て、茶目っ気たっぷりにポーズを決める。赤いシャツはどう見ても悪目立ちする代物なのに、だんだん目が慣れてきたのか、はたまた梶があまりに堂々としているせいか、様になっているように見えてきて和子はくすりと笑った。

「似合ってます。普段からそういう服を着てるんじゃないかって思うくらい」

「いやいや、こんな派手なシャツ他に持ってませんよ。家を出るときは結構勇気を振り絞りました」

苦笑交じりでシャツの裾を引っ張り、梶がレジ台の前までやってくる。

「しかし立派なお店ですね。初めて会ったときは店舗がないなんて言っていたのに」

「父がいろいろと準備してくれまして」

「お父さんを説得できたんですか。よかった」

棚の端から端まで目で追って、梶は、おや、と軽く眉を上げた。

「宮本さんって、手芸用品まで扱ってましたっけ？」

ぎくりとして不自然に目が泳いだ。指先が落ち着きを失い、和子は結わえた髪の先を意味もなく引っ張る。

「いえ……それは、別の問屋さんから……」

「ああ、やっぱり商売をやっていると問屋の方から声がかかるものでしょう。どうです、そちらの問屋とは上手くやってますか？」

和子は梶の方を見ないまま、ええ、と頷いた。口元に笑みを浮かべたつもりだったが、自分でもわかるくらい口の端が引きつってしまって、慌てて唇を引き結ぶ。

和子の不自然な反応に気づいたのか、梶が笑みを引っ込めた。レジ裏に座る和子に近づき、軽く身を屈めてこちらの顔を覗き込んでくる。

「何か、問題でもありましたか？」

「いえ、何も」

我ながら不自然すぎるくらいの即答になってしまった。聞いてくれるなと言わんばかりではないか。とっさにごまかすこともできない自分が忌まわしい。

梶はしばらく和子の横顔を見詰めてから、屈めていた腰をゆっくりと伸ばした。

「開店して間もなくは、目新しさもあって結構お客さんが来るものなんですよね。でも困ったことに、お客さんは飽きるのも早いんです」

梶の口調はこれまでと変わらない。顔を見なくたって、人当たりのいい笑みを浮かべているのが想像できるような声だ。それなのに、じわじわと追い詰められていく気がするのはなぜだろう。

「売り物を次々新しくしたいところですが、仕入れたものがすぐに捌(さば)けるわけでもありませんからね。在庫は減らないのに、客足が遠のいたことに慌ててしまってまた新しい商品を仕入れて、うっかり仕入れる量を見誤って在庫の山、なんてことも——」

そこでいったん言葉を切って、梶が小首を傾げる。

「もしかして、貴方のお店も？」

笑いを含んだ声で言われ、カッとなって顔を上げた。

てっきりニヤニヤと嫌な感じに笑っているのだろうと思ったが、こちらを見下ろしてくる梶は真顔だ。和子に顔を上げさせるために、わざとからかうような声を作ったのだろう。

ようやく視線を合わせた和子に、困ったような顔で笑ってみせる。

「どこのお店もそんなもんですよ。貴方だけじゃない」

「わ、私は、在庫で困っているなんて、一言も……」

「そうですか？　本当に？」

梶の口調は決して責めるようなものではない。和子が強く突っぱねれば、きっと大人しく引き下がるだろう。そう予感させるには十分な柔らかい声音だ。

「もしも困っていることがあるのなら、ちょっと相談してみてくれませんか。何か役に立てるかもしれません」

違う、と言うべきか否か、ひどく迷った。だが、ここで梶の言葉を退けたら最後、梶は黙って店を出ていってしまうだろう。

逡巡(しゅんじゅん)の末、和子は脱力したように肩を下げ、溜息とともに呟いた。

「……少し、相談に乗ってもらってもいいですか」


梶と店を出た和子は、自宅の裏にある庭へと向かった。庭の脇には、以前綾子が住んでいた小さな平屋が建っている。綾子が出ていった後、二年ほど他人に貸していたが、長く住むうちに賃貸料の支払いが遅れ、最後は元太が住人を追い出してしまった。以来この家は、和子の家で物置として使われている。

玄関の戸を開け、梶を中に招き入れる。玄関先で立ち止まった梶は、「これは」と言ったきり黙り込んでしまった。家に上げるまでもない。土間から玄関、廊下まで、段ボールの箱が所狭しと積み上げられているのだ。

「箱の中身は毛糸です」

「まさか、家の奥まで全部……」

「いえ、問屋さんが奥まで運び込むのを億劫(おっくう)がって、玄関先に次々置いていったらこんな有様になってしまっただけで、さすがに奥までは……」

梶の横で和子は肩を縮める。大量の在庫は自分の未熟さを露呈しているようで居た堪れず、十一月だというのに額に汗が滲んだ。

こんな状況になった原因は、先程梶が言った内容ほぼそのままだ。綾子が店にやってきた後から客足がまばらになってきて、何か他の商品も置かなければと焦っていたところに飛び込み営業の問屋が現れたのである。

前触れもなく店を訪れた四十そこその男性は、「ここでお店を始めたって聞いて」と親しげな口調で和子に話しかけ、何かいる物はないかと尋ねてきた。

和子は正直に客足が遠のいてきていることを問屋に伝え、何かいい商品はないだろうかと助言を求めた。すると問屋はいったん店を出て、近くに止めていたトラックから絹糸の束を持ってきたのだ。

「手芸用品なんてどうだろうね。和裁のお稽古なんてしてれば、すぐに糸が切れるでしょう。よく売れるよ。それから毛糸。これから寒くなるからね」

いいかもしれない、と思ったのは、和子自身裁縫や編み物が好きだったからだ。絹糸も毛糸も、最悪自分で使える。品物が新しくなればまた客足も戻るかもしれない。そんな希望に背中を押され、和子はその問屋から手芸用品を仕入れることを決めた。

ところが数日後、問屋は和子の想像を遥かに上回る大量の毛糸をトラックに載せてやってきた。慌ててそんなに必要ないと訴えたが、問屋は日焼けした顔に笑みを浮かべ、もちろん全部買えとは言わない、まずは色を見てほしいから、箱の中身を確認してもらいたい、と言った。

そういうことなら、と問屋が段ボール箱を運ぶに任せていると、あっという間に店の床が箱で埋め尽くされてしまった。営業時間中のことであり、これでは困ると伝えると、では別の場所に運ぶ、と言う。それでこの離れへ案内したのだが、その後はもう止まらなかった。トラックに載せていた箱をすべて離れに運び入れた問屋は、にっこり笑って「どうせなら全部買い取りませんか」と言った。

一週間ほど前に起きた出来事を振り返り、和子は深々と溜息をつく。

「断るつもりだったんです。でも、これから冬が来るから毛糸なんて飛ぶように売れる、箱で買うなら大幅に値引きもすると言われて、実際驚くほど安かったのでつい、それならいいか、と……」

問屋に膝詰めで商品を勧められ、その勢いにも呑まれていたのだと思う。でもそのときは、正しい判断をしたと思った。むしろ安価にこれだけ大量の毛糸を仕入れられるなんて自分はついている、とさえ。

我に返ったのは商品を仕入れて一日、二日経った頃だ。店先に毛糸を置いておいても誰も買う人はいないし、客も増えない。開店直後の一か月は売り上げも上々だったので、今月末には毛糸や糸の代金も問題なく払えるだろうと思っていたが、俄かに不安になった。

「支払いはできそうなんですか？」

「最悪、足りない分は父が出してくれますが……」

恥ずかしくて声が尻すぼみになった。店をやりたい、やれる、と大見栄を切ったにもかかわらず、結局親に尻拭いをしてもらうなんて。梶だってきっと呆れている。俯いたきり顔を上げられない。

荷物が運び込まれたのは平日の日中で、仕事に出ていた一鉄や元太は離れに大量の在庫が隠されていることをまだ知らない。現場を見ていた芳江や弥咲は不安そうな顔をしていたが、和子は二人に対して、発注を失敗した、とは言えなかった。せっかく弥咲や近所の人たちから「商才がある」なんて言ってもらえたのに。周りからおだてられてその気になって、こんな情けない失敗をしただなんて意地でも認めたくなかったのだ。

（でも、いい加減認めないと……）

梶と一緒に大量の段ボール箱を眺め、和子は現実と向かい合う。この在庫をすべて捌ける手腕など自分にはない。冬が過ぎ、春になっても半分も売ることはできないだろう。次の冬が来る頃には、きっと毛糸は虫食いだらけで売り物になんてならなくなっている。

（とんとん拍子に話が進みすぎて、物事を簡単に考えてたんだ、私）

反省しきりの和子の横で、梶は腕を組んで「なるほど」と呟いた。

「手芸用品は案外難しいんですよね。このメーカーの絹糸なんかだと、何十色も糸が入っている箱を買わないといけないでしょう。よく使う色……例えば白い糸だけ在庫が切れてしまっても、単色で買うことはできないんです。箱で買わないと」

「そうなんですか?」

「ええ。だからあまり出ない色は結構だぶついてしまうんですよね」

「そんなこと、あの問屋さんは一言も……」

「でしょうね。人間、都合の悪いことは言わないもんです。こちらから確認しないと」

和子はもう言葉もない。自分の無知さを思い知って恥じ入るばかりだ。けれど梶は和子の失敗をあげつらうことはせず、むしろ励ますように笑った。

「これも勉強代ですよ。ちょっと高くついたかもしれませんが」

「……だいぶ高くつきました」

「だったら絶対に元は取りましょう」

明るく言い放ち、梶は玄関先に積み上げられていた段ボール箱を開けた。中に詰まっていた毛糸を見て、「物は悪くないです」と頷く。

「ちなみに、和子さんは編み物なんてできますか?」

「え、ええ……。機械編みを習ったことがあるので、もっぱら機械で……」

「じゃあ、機械編みのお免状なんかも持ってます?」

和子は首を横に振る。華道や茶道でもあるまいし、編み物にまで免状があること自体知らなかった。

「編み機を作っているメーカーで講習会をやってるんです。講習会自体は難しいものじゃありませんし、参加すればお免状をもらえます。それがあれば編み物教室が開けます。和子さんが先生になって、生徒さんに編み物を教えるんですよ」

それは思いがけない提案だった。これまで習い事教室で教えてもらうばかりだった和子が、教える立場に回るというのだ。

「お免状なんてなくても教室は開けますけどね。あの複雑な機械を使いこなせるだけで、教えてほしいと頼ってくる人は大勢います。でもお免状があれば箔がつくでしょう。店先に貼っておいたら目立ちますよ。まあ、教室をやるとなったら場所が必要ですが」

言われた瞬間、ぱっと頭に浮かんだのは自宅の二階だ。廊下を挟んで左手の部屋は、大広間を襖で二つに仕切っている。あの襖を開け放てば、大きな編み機を広げていても五人や六人は優に入れるだろう。

「場所ならあります。うちの二階が」

答える声が少し震えた。怯えや不安によるものではない。これは武者震いだ。

梶は段ボールの箱に手を置き、いいですね、と目を細める。

「だったら早急にお免状をもらって、編み物教室を開いたらどうでしょう。そこで生徒さんに毛糸を売れば、店先に並べておくだけより早く捌けますよ。月謝ももらえますし、案外この在庫の支払いなんてすぐに済んでしまうかもしれません」

和子は目まぐるしく頭を働かせる。梶の提案に乗ったとして、そう上手くことが運ぶか慎重に検討する。別の問屋に押し切られて在庫を大量に抱え込むことになった直後だ。

（でも、私の周りにも編み機を買ったきり、使い方がわからなくて放置している子が何人かいる……）

確か環もそうだったはずだ。まずは友人の伝手を辿（たど）って生徒になってくれそうな人間を探し、ある程度教室に来てくれそうな人数が確保できてから編み機メーカーが主催する講習会に参加すれば、講習費を溝（どぶ）に捨てることもないだろう。

毛糸なら山ほどあるし、教室を開く場所もある。何より、じりじりしながらただ客を待つのは自分の性に合わない。今ある在庫を活用する形で動き出すのはいいかもしれない。

黙考の末、和子は梶に向かって勢いよく頭を下げた。

「ありがとうございます！　早速その方向で動いてみます！」

これまでずっと歯切れ悪く喋っていた和子の声に張りが戻る。それを受け、よかった、と梶は明るく笑った。

「お役に立てたなら何よりです。俺、こういうトラブルには慣れてるんで、また何かあったら恥ずかしがらずに相談してください。貴方だけじゃなくて、商売を始めたばかりの人たちなんてみんな同じような失敗してますから」

心強い言葉に「よろしくお願いします」と頭を下げてしまいそうになったが、考えてみれば自分は梶と取引をしていない。和子の相談に乗ったところで、梶には一銭の得もないのだ。

だったら、と和子は無意識に梶へ一歩足を踏み出していた。

「私、梶さんのところからも商品を買います。今度こそ私と取引してください」

そうすれば梶にも損はない。それに――。

(梶さんが定期的に店に顔を出してくれるようになる)

流れ星のように頭を掠めた本心に、遅れて気づいてうろたえる。梶の利益を優先しようとしたはずなのに、こんなのまるで、梶に会いたがっているようではないか。

自分の言葉に動揺して、体の前できつく両手を組み合わせる。落ち着かなく指を組み直していると、梶が緩く握った拳で段ボール箱を叩いた。

「申し出はありがたいのですが、もうこれ以上在庫を置く場所もないでしょう」

正論に、カッと耳朶が熱くなった。目の前の在庫の支払いすら危ういのに馬鹿なことを言ってしまった。羞恥に耐え切れず深く俯くと、梶が慌てたように段ボール箱から手を離した。

「いや、そういう意味じゃなく、俺はただ、和子さんのことを応援したいだけなので、お気になさらずと言いたかっただけで……」

梶のうろたえた声に促され、和子もちらりと目を上げた。

「縁もゆかりもない私を……応援？」

「縁なら多少あるでしょう。近くの神社で倒れてたお嬢さんを一緒に助けたんですから」

「それはそうですけど……」

納得しかねる顔の和子を見下ろし、梶はおかしそうに目を細めた。

「環さんの家で果敢に取引を仕掛けてくる姿を見たときから、俺は貴方を応援するって決めてるんです。あれは驚きました。大層勇ましいお嬢さんだな、と」

「あれは……！　必死だったので、つい……」

今にして思えば無茶な取引を吹っかけたものだ。蒸し返されるとばつが悪い。どんな顔をすればいいかわからず仏頂面になる和子を見て、梶が笑みを深くした。

「一度の失敗にめげず、これからも頑張ってください。応援してますから。相談事もいつでも引き受けますよ」

梶の言葉が終わらぬうちに、家から自分を呼ぶ声がした。芳江と弥咲が帰ってきたのだろう。梶もそれに気づいたらしく「俺はこれで」と離れから出ていってしまう。

「あ、あの！　本当に、今日はありがとうございました。何かお礼を……」

せめてお茶だけでも、と思ったのだが、梶は庭を横切る足を止めず、肩越しに和子を振り返ってにっこりと笑った。

「だったら、今度余った毛糸でセーターでも編んでください」

冗談とも本気ともつかない口調で言って、梶が大きく手を振った。

途中、家の裏口から弥咲が出てきて、赤い柄シャツを着た梶を見るなりぎょっとしたように足を止めた。梶は肩を揺らして笑い、弥咲に一声かけて去っていってしまう。

乾いた秋の空気にぽつりと一点、鮮やかに染まる赤い背中。それを見送り、和子は小さな声で呟いた。

「……セーターを編んだって」

取りに来てくれなかったら渡せない、と、呟いた声が冷たい風に吹きさらわれる。それとも梶は、また和子の店に来る気があるのだろうか。

梶とすれ違った弥咲が慌ててこちらに走ってくる。何やら焦った様子で梶のことをいろいろ聞いてきたが、和子はすっかり上の空で、生返事を返すことしかできなかった。

かまどの火

和子がいない日の夜は、少しばかり夕飯が食べにくい。

この家の絶対君主とも言うべき元太と、口数が少なく愛想もない一鉄と、二人の顔色をいつも窺（うかが）っている芳江。そこに割り込む居候の自分は非常に肩身が狭いのだ。

和子がいれば、芳江や弥咲とあれこれお喋りしてくれる。たまに元太に「うるさい」と叱られ喧嘩になることがあっても、ほぼ会話もない中で食事をするよりずっとましだ。

早々と食事を終えた弥咲は、「ごちそうさまでした」と言ってそそくさと席を立ち、汚れた皿を台所に運んで勝手口から庭へ出た。食事が終わったからといって二階の自室に戻ってしまうと、元太が「無駄飯食らい」と嫌味を言ってくるので働かないわけにはいかないのだ。

庭の隅に積み上げられた小枝と薪を手に、風呂場の裏のかまどへ向かう。風呂を焚（た）くのは弥咲の仕事だ。食事の前に一度火をつけてあるので、いい湯加減になるまでにそう時間はかからない。

かまどの前にしゃがみ込んで灰をかき出す。中に薪と小枝を入れる際は、きちんと空気の通り道を作ってやらないと上手く火がつかない。ボタン一つで浴槽に湯が溜まる全自動給湯器を懐かしく思いながら、マッチで小枝に火をつけた。

小枝を足して火に勢いがついたら、太めの薪を放り込む。少し前まで台所のかまどに火をつけることすら覚束なかったが、今や風呂を焚くのもお手の物だ。

首裏を夜の冷たい風が吹き抜け、ぶるりと体を震わせた。こちらへ来たときはうるさいくらいセミが鳴いていたのに、気がつけば秋虫が鳴いている。

(こっちに来てから、もう二か月以上経ってるのか……)

日一日と季節は変化していくが、今のところ令和に戻れる前兆はない。

このまま一生令和には戻れないのかもしれない、と思うことも増えた。だが、不安は忙しさに押し流される。この時代は日々つつがなく生きていくだけで大変だ。掃除も洗濯も炊事も、便利な家電を使わずにこなさなければならないのだから。

(この時代の人たちが逞しく見える理由がわかる気がするなぁ)

令和にいた頃は仕事のミス一つに落ち込んでなかなか寝つけない夜もあったが、今は布団に入ればすぐ寝入ってしまう。毎日くたくたになるまで働いて、反省している暇もない。過去のことをあれこれ考えるより、明日のことを考えなければ。

弥咲も令和に帰る方法を模索するより、今後の自分の身の振り方について考えざるを得なかった。和子のいない夜は特に。もし和子がこの家を出ていくようなことになれば、もうこの家にはいられない。日頃から弥咲に難癖つけてくる元太が自分をこの家に置いておいてくれるとも思えないし、何より弥咲自身気詰まりで仕方なかった。

和子は「結婚なんてしない」と言い張っているが、実際のところどうなのか。

吹きつける寒風に首を竦め、弥咲は膝を抱え直してかまどの中の火を眺める。

和子はときどきひどく大人びて見えるときもあるけれど、実際はようやく二十歳になったばかりの年下の女の子だ。若いなぁ、とつくづく思うときもある。前に進むのに必死になって、周りがあまり見えていない。

例えば店の改築。最初は玄関脇の入り口を大きくする程度の話だったはずが、一気に職人が入って壁が壊され、ガラスの引き戸が入れられ、おしゃれな庇までついて、和子がねだったわけでもないのにレジやショーケースまで揃ってしまった。和子は「お父さんも実はお店に興味があったのかな」なんてのんきなことを言っていたが。

(あれは完全にカモられてたな)

和子が習い事などで出かけている間、ずっとこの家で過ごしていた弥咲は知っている。和子が商売をすると聞きつけるや、呼んでもいないのに近所の職人たちがやってきて、「娘さんのためにこれも用意しなよ」「せっかくだからこんなふうに改装してやったらどうだい」なんて親切面であれこれ一鉄に売り込んでいたことを。

口下手な一鉄はそれらを真っ向から断ることもせず、言葉少なに相槌を打っているうちにあんな大掛かりな改装をすることが決まってしまっていたのだ。

そのことに、和子は少しも気づいていない。一鉄が親心からあれこれ店を整えてくれたのだと信じている。

（まあ、口下手じゃなかったとしても断るのは難しいか）

かまどに薪を放り込みながらそんなふうにも考える。改築の話を聞きつけてここへやってきたのは、ほとんどが近所の職人か、近所の人から紹介された職人だ。

この時代はしがらみが多い。もっと安価に工事を請け負ってくれる職人がいたとしても、近所の手前そちらには頼みづらいのだろう。『義理張り』なんて言葉がまだ生きているのだ。

一方で、こんな環境だからこそ短期間で和子が店を持つことができたのだろうとも思う。インターネットが存在しない分、ここには人間同士の情報網が密に広がっている。プライバシーがない代わりに、情報は意外なほどの速さで伝播、拡散して、必要な情報が手元に返ってくる。情報の信憑性はそれを伝えてきた人間の信頼度に比例して、信頼を築くのは一朝一夕では済まないから、この土地で弥咲はまだなんの発言権も持たない。和子の店を宣伝することも難しく、自分にできることは本当に少ないと思わざるを得なかった。

かまどの奥でめらめらと火が燃える。刻一刻と姿を変える炎を見ていると、様々な想いが胸に去来した。過去のこと、未来のこと、これから自分のなすべきことが、薪が爆ぜるように、ぱっと頭の奥で弾けて、火に呑まれる。

しばらくかまどを眺め、中の火が安定したのを確認してから弥咲は立ち上がった。庭を横切り勝手口から台所に入ると、芳江が汚れた食器を下げてきたところだ。

「洗い物やっときますよ」

「あら、ありがとう」

腕をまくりながら水場に立つと、芳江が笑みを向けてくれた。食事のときは元太や一鉄の視線が気になるのかあまり話しかけてこない芳江だが、二人で家事をこなしているときは意外とあれこれお喋りをしてくれる。

冷たい水に手を浸し、身を震わせながら食器を洗っていると、ががらと玄関の戸が開く音がした。和子が帰ってきたらしい。

玄関まで出迎えた芳江と和子の声が、廊下を伝って薄く台所まで聞こえてくる。すぐに和子が二階に駆け上がる音がして、芳江だけ台所にやってきた。

「和子ったら、卒業制作のセーターを編まないといけないから夕飯はおにぎりでいいって。弥咲ちゃん、後で和子の部屋まで持っていってくれる？」

「わかりました。和子も忙しいですねぇ」

食器を洗う手は止めぬまま、弥咲はしみじみ思う。和子は若い。そしてガッツが凄い。

店を開いてから一か月過ぎたかどうかという頃、離れに尋常でない量の段ボール箱が運び込まれたときは驚いた。明らかに発注ミスだ。和子はそれを認めようとしなかったが、しばらくはひどく意気消沈していたものだ。

もしかするとこのまま店を閉めてしまうのではないか。連日ふさぎ込んでいる和子を見てそんな心配をしたこともあったが、見事和子は復活した。大量に毛糸があるならそれを活用してやろうとばかり編み物教室を開くことを決め、今は免状とやらを取得するため講習会に通っている。

講習会自体はほんの数回の参加で済むらしく、最後に編み機で卒業制作を作って提出すれば終了らしい。あの調子なら、数日以内に免状も用意してしまうだろう。

すでに教室に通う生徒も数名見つけてきているようだ。環とその友達を筆頭に、ご近所さんに女子大生。こういうときはやはり人間同士のネットワークが強い。

和子はミスをしても素早く立ち上がり、打開策を見つけて動き出す。経験不足というハンデを補って有り余るパワーとフットワークの軽さだ。

そのおかげか、最近はまた客足が戻りつつある。和子が何か新しいことを始めるらしいと近所で噂になって、ついでに顔でも見てこようと店に来てくれる人が増えたようだ。

これも商才か。あるいは人徳か。

何より目を瞠るのはその情熱だ。夢の実現に向けてがむしゃらに突き進んでいく。

（夢なんて、摑めるかどうかもわからないのに）

弥咲もいっとき、好きなことを仕事にしたいと願ったことがあった。これまで誰にも打ち明けたことはないが、刺繡作家として生きていけたら、と密（ひそ）かに夢見た。

いつか凄い作品を作って、ネットにアップして、通販もできるようにサイトを作って。いつか、いつか――。そんな言葉を繰り返すばかりで、具体的な行動に出たことなんて一度もなかった。いつかではなく、今できることだってあったはずなのに。

（教室を開くとか、考えたこともなかったな。クリエイターの収入は不安定だって思い込んでたけど、月謝をもらえれば毎月必ずお金が入ってくるのか）

ぼんやりと夢見たことはあれど、本気でその道で食べていくための方法など考えたこともなかった。どうせ無理、の一言で諦めて、和子のように食い下がることもしないで。

盥（たらい）の中でくるくると茶碗を弄び、もしも令和に帰れたら、と想像してみる。自分も和子のように、夢に向かって行動を起こすことができるだろうか。

（会社勤めしながら空いた時間で刺繡して、サイト作ったり、税金の計算したり、刺繡教室開いたり……？　無理だな。そもそも私、人にものを教えるの苦手だし）

京都に行ってしまった両親に無心するのは心苦しいし、いきなり会社を辞めるだけの貯蓄もない。アパートの家賃や光熱費、税金の類は否応もなく支払い期限が迫ってくるし、刺繡に専念する余裕などないのだ。

そう考えると、昭和という時代はまだ生活に余裕があるように弥咲には感じられる。和子の家は特にそうだ。近くに畑があるので野菜には困らないし、山もいくつか所有している。和子曰く山を持っている家はそう珍しくないらしいが、おかげで薪には困らない。光熱費はぐんと抑えられるだろう。家のローンもないというし、固定費は相当に低い。何より一鉄はこの辺りでは珍しいサラリーマンだ。一定の現金収入がある。

令和では共働きが当たり前だが、この時代は父親の稼ぎ一つで家族全員が問題なく生活できる。そういうこと一つとっても、心の余裕がまるで違う。令和は何かと先の見通しが悪く、努力が実るかどうかわからない不安の方が勝ったが、この時代は努力の分だけ成果が返ってくる手ごたえのようなものを感じた。

（この時代なら、和子の商売も上手くいくかもしれない）

できることならこのまま店を続けてほしい。そうなると気になるのは、梶の存在だ。一週間ほど前、芳江と畑仕事から帰ってきたら、梶が和子と一緒にいた。もしや梶は以前からちょくちょく和子のもとを訪れていたのではと疑ったが、和子が言うには梶が来店したのは今回が初めてのことだという。

とはいえこの先どこで二人の距離が縮まるかわからない。そうなったら弥咲の知る未来をなぞるように二人は結婚、和子は店を畳んで東京へ——なんてことになるまいか。

和子のためを思えば、その流れだけは阻止するべきか。だが二人の仲を邪魔すれば、未来で自分が生まれなくなる。

和子と梶の縁が完璧に切れたら、今ここにいる自分も消滅してしまうのだろうか。それともここにいる自分は残るのか。並行世界とか多重世界とかいろいろ理屈はあるらしいが、理系でもなければSF小説の読者でもない弥咲にはよくわからない。

（どっちにしろ未来に戻れるかどうかわからないんだし、その辺は別に心配しなくてもいいか？）

なるようになれ、という結論に至り、おにぎりを持って二階の和子の部屋へ向かった。

「和子、入るよ」

一声かけてから和子の部屋の襖を開ける。が、和子の姿がない。

「ごめん、こっち」と後ろから声がして、廊下を挟んだ向かいの部屋の襖を開けた。十畳ほどの畳の部屋で、和子が機械編みをしている。

弥咲は部屋の入り口で立ち止まり、見慣れない編み機に視線を走らせた。

座卓の上に横長の機械が置かれている。キーボードのように見えなくもないあれが編み機だ。鍵盤の代わりに、オルゴールのように等間隔に金属の歯が並んでいる。その上には持ち手のついた板のようなもの——キャリッジというらしい——が載っていて、和子はその板を機械の上で左右に動かしていた。機織りを髣髴（ほうふつ）とさせる動きだ。

弥咲はおにぎりの皿を座卓の端に載せ、和子の傍らに腰を下ろす。見慣れない機械が物珍しかったのだ。

おにぎりには目もくれず、和子は黙々と手を動かしている。物作りに熱中する、真剣な顔だ。そんなものを見ていたら弥咲もそわそわしてしまって、自分も刺繍箱を持ってこようと腰を浮かせかけたら、出し抜けに和子に声をかけられた。

「ねえ、弥咲。私、自分の編んだセーターをお店に並べようと思うんだけど」

和子がまた何か新しい計画を思いついたらしい。今度はなんだとその場に座り直す。

「棚に並べてる毛糸、そのまま置いておいてもあんまり売れないでしょ？　だったらもう、編んで形にしたものを売ってしまおうと思って。毛糸として売るより高く売れるし。離れで遊ばせておくのももったいないし」

「うん、いいじゃん。和子の作ったセーター、手作りとは思えない仕上がりだし」

前に和子の作ったセーターを見せてもらったことがあるが、店で売っているものと変わらぬ出来栄えに驚かされた。機械で編んでいるせいもあるのだろう。目は細かく揃っていて、令和のショッピングモールに置いてあってもなんら遜色はなさそうだった。

編み機を操作しながら、それでね、と和子は続ける。

「よかったら、弥咲が作ったブローチもお店に置いてみない？」

和子がキャリッジを右から左へ動かして、細かな金属がぶつかり合うシャーッという音が室内に響く。一瞬で和室を横切った通り雨のようなその音を、弥咲はぽかんとした顔で聞いていた。

和子が言っているのは、先日弥咲が作ったフェルトのブローチのことだろう。ウサギの顔の形に切ったフェルトに細かく針を刺し、リアルなウサギの顔を刺繍したものだ。その裏布に安全ピンをつけただけの簡単な代物である。

再びシャーッとキャリッジを動かす音がして、我に返って顔の前で手を振った。

「いや、そんな、あんなブローチ売り物になるとは思えないけど……」

「そんなことない。凄く素敵だった」

おにぎりには目も向けなかった和子が、作業の手を止めてまっすぐに弥咲を見た。それどころか弥咲に膝まで向け、額ずかんばかりに畳に手を置く。

「お願い、うちのお店に置かせて。売り上げは全部弥咲のものにしていいから」

「そ、それじゃ和子になんの得もないいんじゃ……？」

「そんなことない！」

和子は両手で畳を押すようにして上体を起こし、その勢いのまま身を乗り出してくる。

「だって本当に弥咲のブローチは素敵だもの！ ステッチが繊細で、可愛いばかりじゃなくてちょっと怖いようなところもあって、外国の童話に出てきそうな感じ。あんなブローチが棚に並んでたらお店が華やかになる。どんどん私の理想のお店に近づくんだから、むしろいいことばっかりだよ！」

喋っているうちに、和子の顔にじわじわと笑みが咲き始めた。唇を弓なりにして、大きく目を見開いて喋る和子を見て、弥咲は感じ入った溜息を漏らした。

(『目がキラキラしてる』って言葉、比喩でもなんでもないんだな……)

LEDライトなどよりずっと薄暗い蛍光灯の下にもかかわらず、和子の目は輝いて見えた。喜びや興奮といったまばゆい感情が瞳の奥から透けて見えるようだ。

自分の店を持てたことが嬉しくて仕方ないのだろう。大量の在庫を抱える羽目になってもすぐに打開策を考え、失敗をリカバーしながらもう次の展開を考えている。

自分には、これほどの情熱は持てなかった。そう思ったら、なんのこだわりもなく腹が決まった。

(私は和子を応援しよう。このまま店を続けられるように、全力で)

ようやくおにぎりに手を伸ばし、頰を膨らませながらあれこれと今後の商品ラインナップについて語る和子を見ながら、弥咲は思う。

和子に店は手放させない。

たとえそうすることで、自分が生まれない未来に進んだとしても、絶対に。

弥咲が自らの決意を行動に移す機会に恵まれたのは翌日のことだった。

その日は朝から和子が売掛金の集金に出ており、店先には弥咲しかいなかった。

たまにやってくる客に応対しながら、暇を見て刺繍に励む。小さな端切れに刺繍をして、くるみボタンでブローチを作るのだ。店に並べるとなればこれまでのように趣味の延長では作れないので、針を動かす顔つきも真剣になる。

黙々と針を動かしていると、がらりと店の戸が開いた。顔を上げ、いらっしゃいませ、と声をかけようとした弥咲だが、外に立つ相手を見て声を呑む。

店の入り口で「こんにちは」と笑顔を見せたのは、梶だ。

「弥咲さん、でしたよね。お久しぶりです。和子さんは？」

うろたえて表情も作れない弥咲に、梶は気さくに声をかけてくる。

こうして見ると梶は、なかなかの好青年だった。元太のように高圧的でなく、一鉄のように無愛想でもない。物腰は柔らかく、言葉遣いも丁寧だ。しかも弥咲は神社で倒れているところを梶に運んでもらっている。いわば命の恩人だ。そんな相手を邪険にするのは気が引けたが、和子のためだ。

覚悟を決めて立ち上がり、弥咲は目いっぱい不機嫌な表情を作って腕を組んだ。

「和子に何かご用ですか？」

弥咲の低い声に気がついたのか、梶が驚いたような顔でこちらを見た。何事かと目を瞬かせる梶に、弥咲は表情を緩めることなく食ってかかる。

「梶さん、問屋さんなんですよね？　和子は貴方とは取引していなかったはずですが、どんなご用ですか？」

「用というか、店の調子はどうかと……」

「もしかして、和子の店が繁盛しているからってセールスにでも来たんですか？」

弥咲の勢いに押されたのか、「そういうわけでは」と梶が一歩後ろに下がる。それを追いかけるように、弥咲も一歩前に出た。

「でしたら何かお買い物でも？」

梶は台所用品やストッキング、毛糸などが並んでいる商品棚を横目に、「そういうわけでも……」と苦笑を漏らした。

だったらやっぱり、目当ては和子なのか。和子のことをどう思っているのだと問い詰めようとしたところで、店の扉が再び開いた。ひょっこり顔を出したのは、集金から帰ってきた和子である。

「弥咲、ただいま……。あっ、梶さん？」

首元にマフラーを巻き、その中に顎を埋めるようにしていた和子がぱっと顔を上げる。無意識なのか、後ろで一つに結った髪の先を指先で整えるような仕草をしたのを弥咲は見逃さなかった。店の入り口に立って梶に挨拶をしている和子の頬が赤い。つやつやしたリンゴのようだ。でもそれが、寒い外を歩いてきたせいなのか、梶の顔を見たからなのかまでは判断がつかなかった。

挨拶を返した梶が和子に何か声をかけようとするのを、弥咲は大きな声で遮る。

「セールスでもお買い物でもないのなら、今日はどういったご用件で？」

刺々しい弥咲の声に、梶だけでなく和子まで驚いたような顔で振り返る。

梶は困ったような表情で弥咲を見ると、和子に視線を戻して微かに笑った。

「いえ、少し様子を見に来ただけなのでもう帰ります。お店が順調そうで何よりです」

そう言って、会釈をして店を出ていってしまう。

つけ入る隙を与えずに追い返せたぞ、と鼻息を荒くしていると、和子が当惑した顔で弥咲の袖を引いてきた。

「どうしたの、弥咲……梶さんに急にあんな態度取って」

やはり和子の目から見ても、梶に対する弥咲の態度は悪かったようだ。弥咲だって梶に親切にしてもらった身なので心苦しくはあるが、致し方ない。和子の顔を見返して、きっぱりとした口調で告げる。

「あのさ、和子はあんまり、梶さんに近づかない方がいいと思う」

「えっ、どうして？」

いずれ和子は梶と結婚して、店を畳まなければいけないことになるからだ——とは言えない。言っても信じてもらえないし、逆に自分の言葉がきっかけになって和子が梶を意識するようになっても困る。弥咲が口にできたのは「どうしても！」という子供っぽい返事だけだ。怪訝そうな顔をする和子にそれ以上の質問を許さず、勢いよくその肩を掴む。

「私、やっぱり和子にはこのままお店を続けてほしい」

「もちろん、そのつもりだけど……？」

何を今更と言いたげな和子に、詰問に近い口調で尋ねた。

「本当？　もしも誰かと結婚することになったらどうする？　結婚してからも毎日実家に通ってお店を続けるの？　結婚相手にお店を辞めてほしいって言われたら？」

鬼気迫る弥咲の顔を啞然とした顔で見ていた和子だが、弥咲が何を案じているのか理解したのか、小さく噴き出した。

「まず自分が結婚してる姿が上手く想像できないよ」

「わかんないじゃん、いつどこからどんな話が舞い込んでくるか！　問屋の宮本さんからも、息子の嫁に欲しいとか言われたんでしょう？」

「だから、それは単なる冗談だって。私なんて嫁の貰い手がないよ」

「噓！　知ってるんだからね、八百屋のおばさんとか魚屋のおじさんが和子のこと嫁に欲しいって言ってるの！　いろんな商売やってるところから目をつけられてるんだから！」

力説してみるが、和子は「またまた」と笑って取り合わない。

和子のこういうところがときどき歯痒い。店のこととなるとぐいぐい前に出てくるくせに、自分のことになると急に引っ込み思案になる。そのせいか、着飾ったり化粧をしたりすることも苦手にしているところがあって、他人から外見を褒められてもすぐ否定する。弥咲から見れば和子は色白で目元のすっきりした美人だと思うのだが、そう伝えたところで耳を貸してくれない。結婚の話も、これまでに何度か本気の縁談が来ているのではないかと疑っているのだが、当の和子が真に受けていない様子だ。

やきもきする弥咲の前で、和子は少し考えるように目を伏せる。

「もし結婚するとしても、強引にお店を辞めるように迫ってくる人は願い下げかな。結婚するなら、私の話を聞いて、好きなことをやらせてくれる人がいい」

よし、と弥咲は頷く。ならば梶との仲は何があっても阻止すべきだ。弥咲の母から聞いた話によれば、梶の上京についていくため、和子は店を閉めざるを得なかったらしい。そんな悲劇、和子には絶対に実現させまい。

「任せて、和子。私が絶対に貴方の夢を叶えてみせる」

「え。う、うん？　ありがとう……？」

そうすることで、自分が生まれる未来が消えてしまってもいい。

だってどうせ、自分は和子のように確固たる意志を持って夢を追いかけることなどできないのだ。だったらせめて、和子には夢を叶えてほしかった。

自分はこの世界で、そっと和子を支えよう。そしてたまに、和子の店に刺繍を施したブローチなど置かせてもらって、夢のお裾分けをしてもらえたらもう十分だ。

そのためにも、和子と梶の仲は断固阻まなければ。悪役になることも厭わない覚悟で、弥咲は決意を新たにしたのだった。

雨の店先

編み機メーカーが主催する講習会に参加した和子は、最短の二週間で免状を取得。ついでに卒業制作で提出したセーターは、手の込んだ編み込み模様が評価され、優秀賞をもらうというおまけまでついた。

編み物教室の方はというと、和子が免状を取るのを待ちきれなかった環から「お免状なんてなくていいから早くお教室開いてよ」と急かされ、免状取得前から始動する運びとなった。稽古は木曜の夜。自宅の二階を教室にしている。生徒の数は今のところ六名だ。

自宅を教室に使うとなったらまた元太が何か口を挟んでくるのではと思ったが、どうも元太は若い娘が苦手らしい。ぞろぞろやってきた環たちに「お世話になります」なんて笑顔を向けられると、居心地悪そうな顔で自室に引っ込んでしまう。後で和子にチクチク嫌味を言うことはあっても、生徒たちを追い返すような真似はしなかった。

和子は生徒たちに機械編みを教えながら、自分も一緒に編み機を広げてセーターなどを編んだ。完成したそれを店先に置いておくと、意外に売れていい利益になった。それどころか、店にかかっているセーターを見た客が「こんな色のセーターが欲しい」「こんなデザインでワンピースは作れないか」と和子に注文してくるようになって、オーダーメイドのニット用品まで作ることになった。

弥咲の作ったブローチも好評だ。繊細で華やかで、ほんの少し毒を孕んだ妖しい雰囲気のそれは女子大生たちによく売れた。弥咲は「全然物価がわからないから」と値つけを和子に丸投げしてきたが、かなり強気な金額をつけてもなお売れるのだから大したものだ。

おかげさまで、十一月の収入は想像以上によかった。大量に仕入れた毛糸の代金を全額支払うには少し足りず一鉄に工面してもらうことになってしまったが、その分も来月にはきちんと返せるはずだ。

これなら黒字も見込めると自信をつけた十一月の末、和子は満を持して花精堂に手紙を送った。以前和子の家を訪ねてくれた田辺に宛て、店舗が用意できたので今度こそ取引させてほしいとしたためた。

前回、田辺を落胆させてしまった自覚があるだけに、返事がなくとも仕方がないと覚悟していたが、案に反して田辺はやってきた。前回と同じく事前に連絡もなく、何かのついでのように唐突に。

「いやあ、これは驚いた」

十二月の頭、朝から店番をしていた和子のもとにやってきた田辺は、店の戸を開けるなり感嘆の声を上げた。

　レジの裏で、次に編むセーターの寸法を確認しながらゲージの計算などしていた和子は慌てて席を立ちレジを出た。田辺は和子を見て、下膨れの顔に親しげな笑みを浮かべる。

「お久しぶりです。お店ができたと聞いて拝見に参りました」

「あ、ありがとうございます！　わざわざご足労いただいて……！」

　和子は田辺に向かって深々と頭を下げる。心臓が高鳴りすぎて、ややもすれば喉の奥から飛び出てきてしまいそうだ。

　田辺は興味深そうに店を見回し、感心しきった様子で溜息をついた。

「本当に驚きました。以前こちらにお邪魔したのは夏の頃でしたか。あれから三か月かそこらで、こんなに立派なお店ができるなんて。こちらは日用雑貨のお店ですか？　服も売っているんですね」

「はい。服は私が作ったものを並べています。そのブローチは友人が……」

　田辺は棚に並んだ洋服やブローチ、陶器の置物などを眺め、「素敵なお店ですね」と目を細めた。

　和子は体の前で組んだ手をきつく握りしめる。今度こそ花精堂の化粧品を店に置けるかもしれない。そう思うと高揚して、棚を眺めている田辺に待ちきれず尋ねた。

「お店の準備もできましたし、ぜひ花精堂さんのお化粧品をここで売らせていただきたいのですが……！」

今度こそ断られることもあるまい。そう確信して口にしたが、途端に田辺の横顔から笑みが引いた。和子を振り返り、申し訳なさそうに目を伏せる。

「その件なのですが……。残念ながら、こちらに弊社の商品を卸すことはできません」

それまで勢いよく脈を打っていた心臓が、凍りついたように動きを止めた。指先から熱が引き、紅潮していた頬からも血の気が引いていく。どうして、と呟いた声は弱々しく掠れていて、和子は崩れ落ちそうな自分を鼓舞してもう一度口を開いた。

「どうしてですか？　こうしてお店だって、ちゃんと……！」

「ええ、このお店は立派です。貴方のお店に非があるわけではありません。ただ、もともと弊社の商品を卸す店舗数は、地域ごとに決まっているんです。市の面積や人口を考慮したうえで、本社で商品を卸す店舗数を決定しています。この市には、すでに弊社の化粧品を扱う店が二軒あるんです。これ以上店舗を増やしても顧客を食い合う結果にしかならないというのが、本社が出した結論です」

前々から用意してあったセリフを、ゆっくりと、丁寧に言い聞かせるような口調だった。

和子は表情もなく田辺の顔を見上げ、力の入らない声で呟く。

「市内にある二軒のお店は、ずっと前から花精堂さんの商品を扱っていたんですか？　夏に田辺さんがこちらへいらした、その前からずっと……？」

田辺はさすがに言いにくそうな顔で、深く息を吐いてから口を開いた。

「ええ、どちらの店にも、もう何年も前から弊社の商品を卸しています」

今度こそその場にしゃがみ込んでしまいそうになった。

ならば最初から、和子が花精堂と取引をする可能性などなかったということだ。前回田辺がはっきりそうと言わなかったのは、店舗どころか商売に関する準備を何もしていない和子を見て、そこまで込み入った話をする必要がないと判断したためだろう。

店舗云々(うんぬん)は体のいい断り文句でしかなく、まともに取り合ってもらえなかったのだと今更気づいて恥ずかしくなった。

懲りもせず手紙など送ってしまったことを後悔した。和子はもう田辺の顔を見返すこともできず、これまでで一番深く田辺に向かって頭を下げた。

「そんなことも知らず、何度もしつこく手紙を送ってしまって申し訳ありませんでした」

さすがに消沈した声は隠せない。気を抜くと涙が出そうだ。店さえ用意できれば花精堂の化粧品が売れる、なんて舞い上がっていた自分があまりに滑稽で。

だが、返ってきた田辺の声は真摯なものだった。

「こちらこそ、気を持たせるようなことを言ってしまい申し訳ありません。正直に申し上げれば……まさか短期間でこれほどのお店を用意されるとは、思ってもみませんでした」

そう言って、恐れ入ったように田辺は深く頭を下げた。

「貴方の行動力は素晴らしいと思います。本社の方針で色よい返事ができないのは本当に申し訳ないことですが、私個人は貴方を応援します。ここで諦めず、貴方の理想の店を作っていってほしいです」

顔を上げた田辺が、和子に向かって励ますような笑みを向ける。まっすぐに見詰められ、決して心にもないことを言っているわけではないのだろうと思ったら今度こそ泣きそうになった。涙目に気づかれたくなくて、深々と頭を下げて田辺に応える。

田辺が帰ると、家の奥から弥咲が出てきた。庭で芳江と洗濯物でも干していたのだろう。冷たい水で手を真っ赤にした弥咲に「誰か来てたの?」と尋ねられ、今しがた田辺が帰ったところだと伝えた。ついでに、花精堂の商品を卸す見込みがなくなったことも。

店と家をつなぐ上がり框に腰かけて話を聞いていた弥咲は、ひどく残念そうな顔で和子を慰めてくれたが、最後に明るくこう言い添えた。

「だけどさ、こうして念願のお店を始められたんだからいいじゃん。最初に想像してたのとは違うかもしれないけど、私は今のお店の感じも好きだよ」

弥咲なりに慰めてくれているのはわかるのだが、和子は素直に頷けない。そうじゃないのに、ともどかしく言葉を探していたら、急に弥咲が立ち上がった。

「そうだ! 今日は夕方から綾子さんのところに行かないといけないんだ。今のうちに家の仕事手伝っておかないと」

ふいに綾子の名前が飛び出して、喉元まで出かかっていた言葉をとっさに呑み込んでしまった。できるだけ声に棘が立たないよう、注意深く口を開く。

「また叔母さんのところに行くの？　つい先週も行ってなかった？」

「うん。洗濯物が溜まってるから洗っておいてほしいって。なんだったら曜日を決めて週に何度か家に通ってほしいってこの前言われちゃった」

ふぅん、と返事をしてみたら、思った以上につまらなそうな声になってしまった。

ここのところ、弥咲はよく綾子の家に呼び出されている。綾子に家事を頼まれているらしい。掃除だの洗濯だの、夕飯の支度まで弥咲にさせているというのだから呆れたものだ。弥咲を女中か何かと勘違いしているのではないか。

「弥咲は嫌じゃないの？　叔母さんに仕事を言いつけられるの」

嫌なら断ってくれても構わないのに、と思うのだが、変なところで図太い弥咲はけろりとした顔だ。

「別に嫌じゃないよ。それにこの時代は助け合わないと。いやぁ、昭和を舐めてた。家電のない生活はきつい。さすがに洗濯板は使ってなくてほっとしたけど、肝心の脱水をしてくれなかったりするし。ご飯だってその辺で売ってないでしょ。おにぎりでもカップラーメンでも二十四時間売ってたコンビニが恋しいよ。真面目に掃除だ、洗濯だ、ご飯の準備だなんてやってたら、家事をこなすだけで一日終わっちゃう」

立て板に水を流す勢いで方言交じりの言葉をまくし立て、弥咲は何度も頷いてみせる。

「それに綾子さんってフルタイムで働いてるんでしょ？　それじゃ家事を頼める人間が一人や二人いないと家の中が無茶苦茶になるって」

「だからって、弥咲が手伝いに行くことないじゃない」

ようやく口を挟んでみたが、弥咲は嫌な顔もせずに笑う。

「まあね。でも綾子さんってさばさばしてて話しやすいから。男並みの仕事をしながら女も捨ててないあのパワフルさは見習いたい」

どこか感心したような口調で弥咲は言う。そう、と返した和子の声は面白くないを通り越し、拗ねたような響きになってしまった。一体いつの間に、弥咲は綾子のことを名前で呼ぶようになったのだろう。大方綾子が「貴方にまで叔母さんなんて呼ばれたくないわよ」なんて言ったのだろうが、それにしても随分と親しげだ。

胸に重たい空気が溜まっていくようで溜息をついた。それでも気が晴れずに俯けば、背中に弥咲の手が添えられる。

「化粧品のことは残念だったけどさ、そんなに落ち込まないで。本当に、ここはこのままでも十分いいお店だと思うから」

弥咲の表情を見れば、田辺と同じく本心から自分を励ましてくれていることがわかる。それだけに、和子は何も言うことができない。

「それじゃあ、お昼の支度してくるね」と言って家に戻っていく弥咲を見送り、和子はレジ台に肘をついて両手で顔を覆った。

弥咲の言う通りだ。自分の店を開きたい、という夢は確かに叶った。

でもそれだけでは足りない。これは弥咲にすら伝えていないことだが、店の中に並べる商品を想像したとき、化粧品が頭に浮かんだからこそ無謀を承知で動き出したのだ。でなければ、ここまで必死にはならなかった。

だから田辺に三通目の手紙を送るときは手が震えた。やっと店に化粧品を置ける。仕入れた商品は、いったんはすべて自分のものになる。そうしたら、誰にはばかることなく化粧品を手に取ることができる。そう思っていたのに。

緩慢に顔を上げ、自身の唇に触れてみた。化粧はおろか、リップクリームすら塗っていない唇はかさかさと乾いている。

——この唇に、美しく光沢のある口紅を塗れたら。

そんな思いだけに突き動かされてここまで来たのだと知ったら、弥咲や周りの人たちはどんな顔をするだろう。

せめて弥咲にだけは店を始めようと思った本当の理由を伝えたかったが、弥咲は最近綾子に呼び出されることが多く、和子自身も店番や編み物教室で忙しくてゆっくり話をする暇がない。

誰にも打ち明けられない想いが、人知れず胸の底へと沈んでいく。和子の唇から漏れるのは、泡沫（ほうまつ）のような溜息ばかりだった。

十二月に入ると、なんとなく世間が気忙しくなる。大晦日（おおみそか）と新年の準備はまだ先のことなのに、大掃除に使う掃除用具を点検したり、おせちを詰めるお重の準備をしたりと、忙しさの中に華やかな気持ちが入り混じる。

そんな世間の喧騒（けんそう）から取り残されたように、和子の店は静まり返っていた。ここのところ客足は回復傾向にあったのだが、今日は朝から一人の来客もない。ぐずついた天気のせいだろうか。重く垂れ込めた薄墨色の空は今にも雨が降り出しそうで、でもなかなか最初の一粒を落とさない。

店内のみならず、家の中も静かだ。弥咲を含め、午後から家族は全員出払っている。和室に置かれた柱時計が秒を刻む音すら聞こえてきそうなほどだった。

レジ台に肘をついて店番をしていた和子は、ガラス戸越しに鈍色（にびいろ）の空を眺め、店に傘でも並べてみようか、と思う。場所を取るので普段は奥にしまっておいて、雨の日にさっと店頭へ出すのだ。些細（ささい）なことから店の棚に並べる商品に思いを馳（は）せてしまうのは、ここ数か月で身についた職業病のようなものだった。

(どうせなら、女子大生が喜ぶような傘がいいかな)

主婦は財布の紐が固い。家も近いので突然の雨に降られても走って帰ってしまうだろう。その点、女子大生たちはまだ懐に余裕がある。雨の日が待ち遠しくなるような花柄の、可愛らしい見た目の傘がいいかもしれない。

(どうせ商品として並べるなら、お店の雰囲気が華やぐものがいい。傘だけじゃなくて、ちょっと素敵な小物とか、アクセサリー、手鏡、それから……)

そこまで考えて、ふっと頭を過ったのは花精堂の口紅だ。

花精堂の口紅は、黒い本体に金色のラインが入った上品なデザインで、蓋を開けると金色の筒がきらりと光を跳ね返す。底の部分をゆっくり回すと現れる口紅の色は、鮮やかな赤に、明るいオレンジ、落ち着いたベージュと、可憐なバラ色。

(あの口紅を、店に並べられていたら——)

田辺がこの店を訪れたのは先週のことだというのに、まだ往生際悪くそんなことを考えてしまう。

益体もない考えを追い出すように息をついたら、雨粒がガラス戸を叩いた。ぽつりと一滴、程なく二滴。いよいよ降り出したようだ。

あっという間に暗くなっていく空を見るともなしに見上げていたら、家の前の道をさっと誰かが走り抜けた。雨が本降りになる前に帰ろうと急いでいるのだろう。その姿を眺め、やはり店先に傘を置こうか、などと考えていたら、一度は通り過ぎたその人物が戻ってきて、一直線に店へと駆けてきた。

これは本当に傘でも買い求めに来た人かな、などと考えていた和子だが、近づいてきた相手の目鼻立ちがわかるや、仕入れのことなど頭から吹き飛んだ。

ガラス戸を開け、肩で息をしながら店に飛び込んできたのは梶である。

「やあ、どうも、こんにちは」

店に入ると梶は素早く視線を走らせ、「弥咲さんは？」と訊いてきた。

瞬間、大きく膨らんだ風船に針を突き立てられたような気分になったのはなぜだろう。

店に来てくれたのは弥咲が目当てかと思ったら、自分でも戸惑うくらい落胆した。なるべくそれを顔に出さぬよう、和子は硬い表情で答える。

「弥咲なら、母と近所に出かけていますが」

がっかりされたかと思いきや、予想に反して梶は安堵(あんど)したような顔で笑った。

「よかった。弥咲さんに見つかるとまた追い返されてしまうので」

「弥咲が？　どうして梶さんを？」

「俺も理由はよくわからないんですが、何か気に障るようなことをしてしまったのかもしれません」

言われてみれば、和子も弥咲から梶に近づくなと忠告されたことがある。しかし弥咲が梶の何をそんなに警戒しているのか、未だに見当がつかないままだ。

（こんなに親切で、人当たりのいい人なのに……？）

目線より高いところにある梶の横顔を眺めていたら、ふいにその目がこちらを向いた。どうしました、と問うように笑いかけられ、慌てて梶から目を逸らす。

「あ、あの！　そういえば私、梶さんにお渡しするものがあって！」

言うが早いか回れ右して、レジ横の上がり框から家の奥へと飛び込んだ。一気に二階へ駆け上がり、自室の押し入れにしまいっぱなしにしていた紙袋を手に店へと戻る。

店先では、梶が所在なさげにガラス戸のそばに立ち、外の様子を見ていた。いつの間にか雨脚は強くなって、屋根を打つ雨の音が薄く店内を包んでいる。

和子が戻ってきたのに気づくと、梶は振り返って外を指さした。

「間一髪ですね。神社の近くに車を止めてあちこち回っていたんですが、和子さんのお店に入れてよかったです」

言いながら、和子の持つ紙袋へと視線を移す。和子も一緒に手の中の袋を見下ろし、おずおずとそれを梶に差し出した。

「……これ、よかったら」

不思議そうな顔で袋を受け取った梶が、中を覗き込んで目を見開いた。すぐさま袋の中に手を突っ込み、中から勢いよく深緑色のセーターを取り出す。

「これ、もしかして和子さんが編んでくれたんですか？」

「前にお約束したので……」

梶は子供のように相好を崩し、早速セーターを広げて自分の胸に当ててみせた。

「本当に編んでくれたんですか。嬉しいな、あんな助言一つでこんな素敵なセーターを編んでもらえるなら、いくらでも協力しますよ」

「そんな大したものじゃありません。寸法もよくわからなかったので、もしかしたら大きすぎるかも……」

「いや、この感じだとぴったりだと思います。これがあれば年末年始も暖かく過ごせそうです。ありがとうございます」

目尻を下げ、梶は本当に嬉しそうに笑う。思った以上に喜んでもらえて、和子も面映ゆい気分で口元を緩ませた。梶に似合いそうな色を選んだり、どんな編目の模様にするかで悩んだりしたかいがあったというものだ。

梶は丁寧な手つきでセーターを畳んで紙袋にしまい、改めて店内を見回した。

「随分品揃えが変わりましたね。日用品だけじゃなく、服やしゃれた小物が増えてる」

「その棚の小物は弥咲が作ったんです。ブローチとか、髪留めとか」

「へえ、弥咲さんも手先が器用なんですね。もしも洋裁の得意なお友達がいるなら、洋服なんかも並べてもいいかもしれませんよ」

「確かに、自分たちの好きな物を作って、持ち寄って売るのも楽しそうですね」

今は店の一部を占めているだけの服やアクセサリーがこの店を埋め尽くす光景を想像して、和子は目元を緩ませる。きっと美しく華やいだ雰囲気になることだろう。

「現状でも、だいぶ理想のお店に近づいているんじゃないですか？」

梶の言葉で現実に引き戻され、和子は口元に苦い笑みを滲ませた。

「いえ、理想なんて、全然……」

「そうですか？　だったら和子さんは、ここをどんなお店にしたかったんです？」

屋根を打つ雨の音が、ざぁっと二人の間を走り抜けた。

和子はそれに答えられず、雨の音だけが店内に響く。雨脚はどんどん強くなって、ガラス戸の向こうに見える道路が白くけぶって見えるほどだ。

梶は何も言わない。先を促すでもなく和子に視線を注ぎ、目が合うと小さく微笑まれた。

会話の舵を切るのを和子に任せているかのようだ。

梶の質問に答えてもいいし、別の話題に移ってもいい。どちらにしろ、梶はごく自然に、滑らかに、和子の話題に乗ってくれるに違いない。そう思ったら、なんだか肩から力が抜けた。

「私、お店に化粧品を並べたかったんです」

ともすれば雨音にかき消されそうな和子の声に耳を傾け、梶は頷く代わりに一つ瞬きをした。大きな木が、風に吹かれてゆったりと枝先を揺らすような静かな反応だった。

「できることなら、花精堂の口紅を並べたかったんです。でも、花精堂の担当の人からは断られてしまって……」

「花精堂さんと直接話をしたんですか?」

「ええ。手紙を送りました。最初はお店も何もなかったのでお断りされましたが、ここができてからもう一度手紙を出したら、今度はお店を見に来てくれて」

相手の言葉の裏を読めなかったせいで、田辺には二度手間を取らせてしまった。そんなことを自嘲気味に話してみたが、梶は一緒に笑わなかった。代わりに、噛み締めるような口調で言う。

「和子さんは凄いですね」

「そんなことないです。結局お化粧品はお店に置けませんでしたし」

「結果はともあれ、上手くいく確証なんて何もないのに、迷わず動き出したその勇気が凄いんです」

冷静になって考えれば、勇気というより無鉄砲だと自分でもわかる。それだけに手放しで褒められるのは気恥ずかしく、和子は肩を竦めて俯いた。

会話の隙間を埋めるような雨音の中、梶はしげしげと棚の商品を覗き込んだ。

「日用雑貨に、手芸用品、洋服とアクセサリー。化粧品はなくても、雑貨屋としてはもう十分成功していますよね。二階では編み物教室も開いて、安定した収入もある。そう化粧品にこだわらなくてもいいのでは?」

同じようなことを弥咲にも言われた。あのときは弥咲が忙しそうだったので何も言い返すことができなかったが、梶はのんびりと和子の返事を待っている。こんなふうに誰かとゆっくり話をするのは久々で、つい口先が緩んでしまった。

「でも私は、化粧品を置きたくてこの店を開いたようなものなので……」

語尾は小さくなって雨音に溶ける。

どれほど店が繁盛しても、化粧品がなければ満足とは言いがたい結果にしかならない。そんな和子の気持ちを読んだのか、梶は不思議そうに首を傾げた。

「どうしてそんなに化粧品にこだわるんです?」

問われるままに答えてしまいそうになり、和子ははたと我に返った。

「大した話では。梶さんもお仕事の途中ですよね。すみません、引き留めてしまって」

「いやぁ、俺はどちらかというと、仕事より和子さんの話が気になるので」

梶は笑いながらレジ台に手をついて、背後のガラス戸を振り返った。

「それにこの雨ですから。車を取りに行こうにもびしょ濡れになってしまうし、冬の雨に打たれたら風邪を引きかねません。お邪魔でなければ雨宿りさせてもらえませんか?」

「それはもちろん、構いませんが……」

外は大降りの雨だ。和子の店にもしばらく客は来ないだろう。

梶は和子に礼を述べると、唇に悪戯っぽい笑みを乗せて言った。

「お喋りも、続けてもらえると嬉しいです」

先程の質問をなかったことにするつもりはないらしい。

雨はしばらくやむ気配もない。

長い昔語りをするのに、これほどおあつらえ向きな状況もないように思われた。


和子には兄と弟がいる。

二人の兄弟は母親に似た優しげな顔立ちで、肌の色も白かった。その白さは殻を剝いたばかりのゆで卵のようで、日に焼けても肌が赤くなるだけで黒くはならない。

一方の和子は一鉄似の地黒で、日差しの下にいればいただけしっかり肌が黒くなった。兄弟と並ぶと肌の黒さが目立ってしまい、それが和子は嫌だった。

学校ではクラスの女子の中で一番背が高く、男子から「男女」と呼ばれた。顔立ちも母のようなたおやかさはなく、一鉄譲りの無骨さが目立つ。なまじ兄と弟が優しい面立ちをしているだけに、近所の人からは「和子ちゃんも男の子だったらよかったのに」なんて苦笑された。いつも元太や綾子に食ってかかるので、二人からは「可愛くない」と嫌な顔をされる。

自分は可愛くないし、女らしくもない。そんなことくらいわかっていたから、和子は子供の頃から地味な色味の服しか着ようとしなかったし、花柄の雨傘など持たされると居心地の悪い気分になった。

だが、自分で身に着けることはできなくとも、綺麗なものに憧れる気持ちはある。

十歳になったばかりの頃、母親の鏡台の奥から口紅を引っ張り出してきて、一人でこっそり唇に塗った。忘れもしない、花精堂の口紅だ。普段はほとんど化粧をしていない芳江は、冠婚葬祭のときにだけそれをつけるのである。

口紅を塗った自分の顔を鏡面に映して飽きず眺めていたら、当時まだ離れに暮らしていた綾子にその姿を見つかった。

『見て！　和子が女の子みたいなことしてる！』

普段は花柄のワンピースにもピンクのカバンにも見向きもしない和子が口紅など塗っていたものだから、綾子は面白がって和子を家族の前に引っ張り出した。口紅を拭い落とす間もなく茶の間に押し出された和子は、そこにいた元太と一鉄、それから芳江の驚いたような顔を目の当たりにし、ひとしきり笑いものにされた。

あのときの、裸で皆の前に連れ出されたような居た堪れない気分を思い出すと、今なお和子の顔は苦痛で歪(ゆが)む。

「……笑いものにしたわけではなく、子供がおしゃまなことをしていたのを大人たちが微笑ましく見ていただけでは？」

レジ裏から引っ張り出した椅子に腰かけていた梶が控えめに口を挟んでこなければ、それきり会話を終えてしまっていたかもしれない。それくらい、当時の光景を思い出すことは和子にとって難渋を極めることだ。

相変わらず雨の音が響く店内で、和子は上がり框に腰かけて手元の湯呑に視線を落とす。腰を据えて話を始める前に、和子が台所で淹（い）れてきたものだ。

湯呑の中身はゆらゆらと不安定に揺れ、自分の顔が上手く映らない。あの日の家族の表情も、これと同じくぼんやりとしてよく思い出せなかった。激しい羞恥に苛（さいな）まれ、茶の間にいた家族の顔をきちんと見返せなかったからだ。けれど皆の笑い声だけは、嘲笑として未だ耳にこびりついている。

あれ以来、化粧品を見ると嫌でもあの日の記憶が蘇（よみがえ）った。おかげで和子は二十歳になっても口紅一つ持っていない。

「高校生のとき、化粧品会社の人が学校に来てくれたことがあるんです」

梶の言葉には答えぬまま、和子は湯呑の底を見詰めて続ける。

卒業を間近に控えた三年の二月になると、毎年化粧品会社の人間が和子たちの通う学校へやってくる。大学へ進学する者はほとんどおらず、卒業したら就職するか結婚する女子生徒たちのために、一通り化粧の仕方を教えてくれるのだ。ついでに大量のサンプルも配ってくれる。化粧に関する知識がない女子生徒たちは、卒業した後もサンプルをもらった化粧品会社の商品を使い続けることが多い。それが狙いだろう。

和子の代も例に漏れず、卒業間近に化粧品会社の人間がやってきてあれこれ化粧の仕方を教えてくれた。初めてファンデーションやアイシャドウを塗ってもらった同級生たちは楽しそうに笑っていたが、和子は終始俯いてろくに鏡を覗き込むこともできなかった。

なんとかファンデーションを塗って眉を描くところまではできたものの、どうしても口紅だけは塗れなかった。子供の頃、家族から笑われたことを思い出してしまって手が震えたからだ。こんなもの、自分には似合うはずもない。

結局化粧の仕方はよく覚えられず、卒業後はほとんど素顔で過ごした。そんな和子が再び鏡の前で化粧品と相対することになったのは、成人式の振袖を着たときだ。

和子の着つけと髪のセットを担当した美容師は、「お化粧はどういたしますか？」と和子に訊いてくれたが、そもそも普段は化粧をしていないので要望一つ思いつかない。

結局、化粧はすべて美容師に任せた。母親よりずっと年上の美容師は、「若いんだから濃い色の方が似合いますよ」と和子の唇に真っ赤な口紅を塗った。それは子供の頃、家族の目を盗んでこっそり塗った口紅と同じ色のように見えて血の気が引いた。

美容院を出ると、和子はすぐに懐紙で口紅を拭い落とした。こんなの一番自分に似合わない色だ。この顔では外も歩けないと必死だった。

式の後、友人たちと一緒に撮った写真を和子は未だに直視することができない。

みんな綺麗に化粧をして、揃って余所（よそ）行きの笑顔で笑っていたが、和子の顔だけが強張っていた。口紅を拭い落とした唇は血の気が失（う）せ、しっかりと化粧をした眉や目元ばかり目立ってちぐはぐな印象だ。

「高校のとき、化粧品会社の人からちゃんとお化粧の方法を教わっておけばよかったんですよね。今更化粧を覚えようとしたって、誰に訊いたらいいのかわかりませんし」

和子は敢（あ）えて明るい口調で言って緑茶をすする。梶もレジ台に置いていた湯呑を手に取り、一口飲んでから口を開いた。

「化粧品なら、近所の薬局でも売ってますよね？　そういうところで買ってみたらどうですか？　店番をしているおばあちゃんに聞けば、簡単な使い方くらい教えてもらえそうですが……」

梶の言う通り、化粧品なら近所でも買える。使い方だってまったくわからないわけではない。見よう見真似で自分の顔に化粧を施すことは今すぐにだってできるだろう。

けれど、顔見知りの店員に化粧品を差し出す場面を想像するとどうしても二の足を踏んでしまう。その理由を、梶は理解してくれるだろうか。

「……お化粧品を買いに行くのが怖いんです」

雨音にかき消されてしまうくらい小さな声で呟いて、ちらりと梶に目を向ける。そんなことで、と呆れた顔をされたらこれで話はお終いにしようと思っていたが、梶は真剣な表情のままだ。

「くだらない理由だと思いますか?」

「いいえ」

「弥咲だったら『そんなこと誰も気にしてないよ』って笑い飛ばします」

あっけらかんと言い放つ弥咲の姿を想像したのか、梶はわずかに口元を緩ませてから首を横に振った。

「東京の人はそう思うのかもしれませんが、ここは三軒隣の夕飯の内容までわかってしまうような土地ですから。ちょっといつもと違う商品を買ったら、あっという間にその噂が近所に伝わってしまうでしょう」

「そうなんです。これまでお化粧品なんて見向きもしなかったのに、急に口紅なんか買ったら『色気づいちゃってどうしたの』なんて詮索されるのが目に見えてます。ありもしない縁談まで勘繰られてしまいそうで」

冗談めかして言ってみたが、あながち冗談では済まないところが厄介だ。単に近所の間で噂されるくらいなら構わないのだが、その話が元太や綾子の耳に入ったらと思うと指の先から血の気が引いた。

環に打ち明けた話の内容が、同じ町内とはいえそれなりに距離の離れた叔父の家まで届くのだ。同居する元太に伝わるのはきっとあっという間のことで、環の家の近くに住んでいる綾子の耳に届くのも時間の問題と思われた。

またあのときのように笑われたくない。そんな思いにがんじがらめにされて、和子は口紅一つ買えずにいる。

「自分のお店を持ちたいと思ったとき、真っ先に考えたんです。店にお化粧品を並べられたら、近所の薬局に買いに行く必要がなくなるって。多分その瞬間に私の中で『自分のお店を持ちたい』って気持ちと『誰にも気づかれずに化粧品が欲しい』って気持ちが逆転してしまったんだと思います。ここまでがむしゃらに動けたのは、こっそり口紅を塗ってみたかったから、それだけです」

本当だったら、芳江の鏡台の奥にしまわれている口紅を夜中にこっそり塗るだけでも叶えられる望みだ。けれど芳江の口紅は十年前と変わらず派手な赤で、その色はもう二度と唇に乗せたくなかった。

「くだらないですね」

力なく笑って和子は呟く。口紅の一本くらい、勇気を出して薬局に買いに行けばよかったのだ。それができないばっかりにこんな大掛かりなことになってしまった。

けれど梶は頷かなかった。両手で湯呑を包んで、いいえ、と首を横に振る。

「自分のやりたかったことを、大人になってもずっと忘れずにいるのは案外難しいことだと思います。どうせ無理だ、自分には不似合いだって、どこかで手放してしまうものでしょう」

梶の声には実感がこもっている。もしかしたら梶も、自分のやりたいことを手放した過去があるのではないか、と和子に思わせるくらいに。

「それに、口紅一本のためにこうして自分の店を持つに至った和子さんは、やっぱり凄いと思います」

梶は目尻を下げて笑う。相変わらず裏表を感じさせない大らかな笑顔だ。

「……凄いことですか」

「ええ。よほど心が強くなければできません」

手放しに褒められると照れくさい。でも嬉しい。梶の声は落ち着いていて、不思議な説得力がある。そのせいか、誰に褒められたときより胸を張りたい気分になった。花精堂から取引を断られてからというもの、しぼみがちだった胸に久々にやる気がみなぎる。

「確かに、口紅一本のためにお店を始めるって、我ながらどうかしていて天晴な気がしてきました」

「天晴、見上げたものですよ。俺も精進しようと思いました」

柔和に笑う梶の顔を見ていたら、和子の唇からも柔らかな笑みがこぼれた。

改めて店の中を見回してみる。なんとなく、朝より店内が明るく見える気がした。気の持ちようかと思ったが、実際雨が弱まってきているらしい。空に広がる雲が薄くなり、うっすら日差しが透けている。

よし、と自分を奮い立たせ、和子は湯呑に残っていた緑茶を飲み干した。

「私、もっとこのお店を大きくできるよう頑張ります。前に梶さんにアドバイスしてもらった編み物教室も思ったより好評で、お教室の曜日を増やそうかと思ってるんです。少しまとまったお金が入ったら、お店の品揃えをもっとよくして、そうしたら、改めてこの店にお化粧品を並べます。花精堂じゃなくても、他のメーカーでも構いません」

片手で拳を握り、梶だけでなく自分自身にも言い聞かせるように宣言した。

「この店にお化粧品を並べられるまで、諦めません！」

意気込んで喋る和子を見て、梶は眩しそうに目を細める。それから目尻に皺を寄せ「応援してます」と笑ってくれた。

「――雨、やんできたみたいですね」

お喋りをしているうちに、いつの間にか雨がやんでいた。梶が店に来てから、すでに小一時間が経過している。

「すっかりお邪魔してしまってすみません」

申し訳なさそうに立ち上がる梶に、いいえ、と首を振った。邪魔どころか、梶と話ができたおかげで随分胸がすっきりした。

「よかった、晴れてきましたよ」

店の外に出た和子は、掌を上に向けて梶を振り返る。遅れて外に出てきた梶は寒そうに首を竦め、手にした紙袋に視線を落とした。

「セーター、ありがとうございました。早速着てみますね」

「もしサイズが合わなかったら手直ししますから、遠慮なく言ってください」

雨上がりの冷たく湿った空気を胸いっぱいに吸い込んで、和子は晴れ晴れとした顔で笑う。肩に負っていた重石(おもし)を脱ぎ落としたようなその顔を見て、また梶が眩しそうに目を細めた。あるいは本当に、水たまりから跳ね返った日差しが目を射したのかもしれない。

「和子さんは、自分の店で化粧品を扱えるようになるまで化粧はしないんですか?」

雲間から夕日が顔を出した。灰色だった雨雲に、美しい茜色(あかねいろ)が滲む。右隣に立つ梶の顔を照らすその光に、和子も目を眇めた。

「ええ、もうこうなったら願掛けのつもりで化粧はしないでおきます。他のお店で化粧品を買うこともしません」

梶の髪の毛が夕日の金色に染まる。そんなものに目を奪われながら、和子は軽い気持ちで言った。

「それに、お化粧をしようがしまいが、私が可愛くないのは変わりませんから」

自棄(やけ)になったわけではなく、事実を口にしたつもりだった。兄弟に比べて浅黒い肌、可愛げのない性格、地味なワンピース、化粧っけのない簡素な顔。世の女性たちと比べるまでもなく自分が可愛くないのは、自他ともに認めていることだ。

しかし梶は和子の言葉に軽々しく同意できなかったようで、困ったように黙り込んでしまう。いらぬ気を遣わせてしまったか。笑ってごまかそうとしたら、隣を歩いていた梶が大股で和子を追い越し、振り返ってぴたりと足を止めた。つられて和子も立ち止まる。

梶はまっすぐこちらを見ているようだが、夕日が逆光になってその表情がよくわからない。どうしました、と声をかけようとすると、梶の肩が上がった。

大きく息を吸って、吐く。何か覚悟を決めたようなその動作の後、梶は言った。

「化粧なんてしなくても、和子さんは綺麗です」

え、と掠れた声が和子の口から漏れる。梶の表情は相変わらず見えない。ただ「失礼します」と言って踵を返した梶の声は、冗談にしては生真面目だった。

あっという間に垣根の向こうに消えてしまった梶を、和子は唖然とした顔で見送った。

一人になり、遅れてじわじわと頬が熱くなる。

お世辞だろうか。あるいは冗談。本気で言ってくれたわけはない。地味で可愛げのない自分に、綺麗だ、なんて。

頬だけでなく、首筋や耳にまで熱が散った。雨上がりの空気は冷え切っているはずなのにのぼせたように首から上が熱くなって、ますます梶の真意がわからない。

軒先から思い出したように水が滴り、近くの水たまりに落ちた。

足元に大きな波紋が広がって、まるで大地が波打つようだと、ふらつく足で和子は思った。


朝、地面に霜が降りていると、いよいよ冬が来た、と思う。

昼近くなっても、軒下の日の当たらない場所に伸びた霜は溶け残ったままだ。

「ごめんなさいねぇ、和子ちゃん。年末で何かと入用じゃない？　それに下の子が熱を出してお医者さんにかかっちゃったもんだから、急な出費のせいでねぇ」

霜柱を残した玄関先で先程から和子に向かってぺらぺらと喋り続けているのは、先月和子の店で買い物をしていった女性だ。彼女の家まで集金に来るのは、十二月に入ってからこれで三度目なのだが、玄関先に出てきた女性は和子の挨拶も聞かぬうちから勢いよくまくし立ててきて、こちらが口を挟む余地もない。

和子よりいくらか年上だろう女性は背中に乳飲み子を背負って「本当にごめんねぇ」と繰り返している。この家からは、先月どころか先々月の支払いもまだ徴収できていなかった。確か前回は「旦那が風邪を拗らせたもんだから仕事に行けなくて」なんて言われて支払いを待つことになったのだったか。

せめて分割でも返済してもらうべきなのだろうが、女性の背中で火がついたように泣く赤ん坊や、霜柱が立つほど冷え込むこの時期に、ぺらぺらした浴衣のような服を着て肩をさすっている女性を見ていると、あまり強く請求する気になれない。

「じゃあ、また来ます」

「ごめんね、次こそ絶対に用意しておくから！」

ほっとしたように笑う女性に会釈して家を離れた。

今日は三軒の家に集金に回ったが、どの家からも現金を回収することができなかった。いつもならカリカリしながら家路を急ぐ場面だが、今日の和子はふわふわと雲の上を歩くような足取りだ。横顔もぼんやりしている。

梶が雨の日に和子の店を訪れたのが三日ほど前。あの日から、和子は一日の大半を上の空で過ごしている。梶が最後に残していった言葉が頭から離れないせいだ。

あんなのお世辞に決まっていると思うのに、思い出すと何度でも耳が熱くなった。テープレコーダーのように繰り返し再生しても劣化することなく、鮮明に耳に蘇る。

商店街を歩きながら溜息をつくと目の前が白くけぶって、自分の溜息の大きさを他人にまで見せつける羽目になった。慌てて唇を引き結んだところで、背後から「和子ちゃん」と声がかかる。振り返ると、買い物かごいっぱいに大根やカボチャ、新聞紙に包んだ魚を詰めた女性が大きく手を振っていた。近所に住んでいる秋保（あきほ）だ。

「秋保さん、こんにちは」

大きな体を揺らしながら急ぎ足で近づいてくる秋保に礼儀正しく頭を下げたが、相手は挨拶もそこそこに和子の袖を引っ張ってきた。

「ねえ、和子ちゃん、貴方お化粧品売りたいんだって？」

「そ……っ、そう、ですけど……どうしてそれを——」

「よかった！　じゃあさ、ルナーレ化粧品って知ってる？　訪問販売化粧品なんだけど」

それなら和子も知っている。店舗は持たず、カバンの中に化粧品を詰めた販売員が家々を回って「こんにちは、ルナーレ化粧品です！」と商品を売り歩くのだ。和子の家にも一度販売員が訪ねてきたことがあり、芳江が玄関先で応対していた。

「実はあたしの友達がルナーレ化粧品の販売員をやっててね、誰か化粧品を売りたい人がいないか探してるみたいなんだけど、和子ちゃんお店やってるからどうかと思って」

「訪問販売化粧品なのに、お店で売ってもいいんですか？」

秋保は「売れればなんだっていいでしょ」と豪快に笑った。

突然のことですぐには現実味が湧かなかったが、だんだんと秋保の言葉が頭に入ってきて、和子は体を前のめりにした。

「お店で売っていいのなら、ぜひ！」

「よかった！　友達も困ってたのよ。和子ちゃんがお店にお化粧品を置きたがってるって教えてくれた問屋のお兄さん様様ね」

「問屋って……まさか、梶さんですか？」

半信半疑で尋ねてみると、「そう、その人」とあっさり肯定されて目を丸くした。

「あたしが直接聞いたわけじゃないんだけど、染料屋の原さんとか、金物屋の中島さんにそんな話をしてたらしいのよ。もしいい話があったら和子ちゃんのところに持っていってほしいって言ってたみたいだから、これだ！　と思って」

和子は口を半開きにして立ち尽くす。自分の知らないところで、梶が方々に声をかけてくれていたなんて夢にも思わなかった。仕事の合間にわざわざそんなことをしたところで、梶にはなんの利益もないだろうに。

（どうしてそこまでしてくれるんだろう……）

もしかして、もしかしたら、梶は自分に対して何か——特別な感情でも抱いているのだろうか。

まさか、と反射的に和子は否定する。自分相手に梶が、あり得ない。そう思うものの、頬は見る間に赤くなった。

「あのお兄さん、秋頃からこの辺でよく見かけるようになったけど、随分感じのいい人だわね。うちの隣の家のおばあちゃんが重い荷物持って立ち往生してたら、運ぶの手伝ってくれたこともあってさ。そのままおばあちゃんの家に引っ張り込まれて、長話に三時間もつき合ったっていうんだから大したもんだよ。うちの婿に欲しいくらいだと思ってたけど、残念、今度お見合いするらしいじゃない」

赤くなった顔を俯け、機械的に相槌を打っていた和子だったが、聞き捨てならない言葉に勢いよく顔を上げた。

「……お見合い？」

「そう、お見合い。なかなかハンサムだし、お父さんが学校の先生だっただけあって礼儀正しいし、娘にぜひって思ったんだけど」

「梶さんのお父さんって学校の先生なんですか？　秋保さん、なんでそんな話を……」

「いや、隣のおばあちゃんが梶さん捕まえていろいろ聞き出したらしいよ。あたしはそれを又聞きしただけ」

秋保はけらけらと笑って、近所の噂話でもするように梶について語った。

梶の父親は中学校の教師で、母親はお花の先生だったらしい。兄弟は梶の他に妹が一人いるだけの四人家族だったらしいが、梶の高校在学中、父親が病で急死した。

梶は家計を支えるために高校を中退。トラック一つで問屋を回る御用聞きのような仕事を始めたらしい。

「じゃあ、問屋と言っても梶さん自身が倉庫を持ってるわけじゃないんですか？」

「そうみたいよ。大きい問屋から小さい問屋へ商品を配達したり、小売りのお店から電話をもらって足りない商品を届けたりしてるみたい」

　規模の差こそあれ、梶も宮本のように自身の倉庫など持っているのだろうと勝手に思い込んでいただけに驚いた。その表情をどう読み解いたものか、秋保は「だからって馬鹿にしちゃ駄目よ」と真面目な顔をしてみせる。

「妹さんを高校に通わせるために朝から晩まで必死で働いてたらしいんだから。その妹さんも去年だか一昨年に学校を卒業してね、ようやく嫁ぎ先が決まったと思ったら今度はお母さんを亡くしちゃって、今は梶さん一人暮らしなんですって」

　秋保の家の隣に住む女性は、一体どれほど根掘り葉掘り梶に質問をしたのだろう。拘束時間は三時間では済まなかったのではないかと思うと、さすがに梶が不憫になってくる。

「一人暮らしじゃ不便も多いだろうし、うちの娘でよかったら……なんて思ってたんだけど、みんな考えることは同じらしくって、最近お見合いの話が舞い込んだらしいわよ。それもちょっといいところに婿入りするんだって。鉄工所の社長さんのところって言ったかしら。願ってもない良縁よねぇ。苦労した分、幸せになってもらいたいもんだわ」

　まるで身内のことでも話すように感慨深い調子で秋保が言う。和子も相槌を打ったが、自分でも上手く表情を作れている気がしなかった。

「それじゃ和子ちゃん、二、三日のうちにあたしの友達がお店に行くと思うから。よろしくね！」

大きく手を振る秋保に会釈をして、和子は家に向かってゆっくりと歩き出す。

寒さのせいばかりでなく背中が丸まった。普段より歩幅も狭い。とぼとぼと歩きながら、なんだ、と思った。

(綺麗だ、なんて……やっぱりただのお世辞だったんだ)

もしかしたら一欠片くらいは本心も含まれていたのかもしれないが、梶にとってはさほど深い意味などなかったのだろう。他の女性と見合いをしていたくらいなのだから。そうとも知らず、梶の言葉に翻弄されて何も手につかなくなっていた自分を思い出すと、乾いた笑いしか出てこない。

(妹さんがいたんだな……)

それも、自分とさほど変わらぬ年の。もしかすると梶が和子に対してやけに親切だったのは、自分の妹と和子を重ねて見ていたからなのかもしれない。

あり得る話だ。むしろ、そうでなければ和子に親切にする理由などない。

(だって私、可愛げもなければ綺麗でもないし……)

自分でもわかっている。でも、梶が「綺麗ですよ」と言ってくれたあのとき、もしかしたら、と思ったのだ。

もしかしたら自分も、他の女の子たちのように振る舞ってもいいんじゃないか。柔らかな色のスカートを穿いて、花柄の雨傘をさして、いつかバラ色の口紅をこの唇に塗ることだってできるんじゃないか。

元太はまた指をさして笑うかもしれない。でも、梶ならきっと笑わないでいてくれる。そんな予感があったのに。

「……馬鹿みたい」

マフラーに顔を埋め、くぐもった声で呟く。てんで的外れな予感を抱いていた自分が恥ずかしい。

子供の頃、口紅を塗った姿をみんなの前に引きずり出されたときと同じくらいか、それ以上の羞恥に襲われ、和子は顔をマフラーに埋めたまま、すれ違う誰とも目を合わせないよう家路を駆け抜けた。

個人宅を一軒一軒回って商品を売るセールスマンは、総じて体力があるし動きが機敏だ。仕事も早く、和子が秋保と立ち話をした次の日には、自宅にルナーレ化粧品の販売員がやってきた。

三十代と思(おぼ)しき女性は赤い口紅を塗った唇を終始弓なりにして、甘いおしろいの匂いをさせながら玄関先にどんどん商品を置いていった。

化粧水と乳液から始まって、眉墨、ファンデーション、アイシャドウ、マスカラ、頬紅、それから口紅。口紅は赤、オレンジ、ベージュの他、紫がかった赤や薄い花びらを重ねたような淡いピンクなど種類も豊富だった。

秋保が言っていた通り、化粧品は店に並べて売って構わないらしい。やってきた女性は、月に一度は自分が在庫の補充に来るので、そのときに足りない商品を伝えてほしいと言った。ロットで買い取る必要もないようなので、和子は手持ちの金額で買えるだけの、ごく少ない商品を女性から仕入れた。

化粧品の入った小さな段ボール箱を持って店に向かうと、レジ裏で店番をしていた弥咲が「お客さん来てたの？」とのんびり顔を上げた。

「うん、ルナーレ化粧品の人。いくつか商品を仕入れてみたの。とりあえずファンデーションとアイシャドウ、それから口紅を何色か」

抱えていた箱をレジ台に置くと、弥咲が勢いよく椅子から立ち上がった。台所にネズミが出たときと同じくらいの威勢のよさで、和子の方がびっくりする。

「じゃあ、この化粧品お店に並べられるの？　嘘！　全然知らなかった！」

そういえば、秋保からルナーレ化粧品を紹介されたことをまだ弥咲に伝えていなかった。思い返せば昨日は集金から帰った後、家族ともろくに会話をした覚えがない。

弥咲は和子を振り返り「箱から出していい？」と確認してからレジ台の上に化粧品を並べ始めた。

「なんかいいねぇ、パッケージに高級感があって。デパコスみたい。パッケージは全部白で統一されてるんだ。綺麗、なんか貝殻の内側みたいな色」

独特の光沢を帯びた白いパッケージをそんなふうに表現して、弥咲は早速レジ裏から出ると商品棚の整理を始めた。

「どうせだったら一番目立つ場所に並べたいよね。この辺の洗剤を端にどけてさ、思い切ってスペース取って、この棚を一段使って化粧品をディスプレイしたらどうかな。下に綺麗な布とか敷いて。レースがいいかな。あ、私が刺繍してもいいよ!」

鼻歌でも歌い出しそうな調子であれこれ喋っていた弥咲だが、振り返って和子と目を合わせた途端、その顔から笑みが飛んだ。

「……和子? どうかしたの?」

「何が?」

普段通りの調子で答えたつもりなのに、弥咲の顔に不安げな表情が広がる。

「念願のお化粧品じゃん。なのにあんまり嬉しくなさそうだから……」

和子は自身の頬を撫でる。自分ではどんな顔をしているのかよくわからないが、嬉しくないはずもない。だって和子は、化粧品が欲しくて店を始めたようなものなのだから。

頬の輪郭を辿るように指先を動かし、和子はぱたりとその手を下ろす。

「嬉しいよ。でも、なんだかあんまりにもとんとん拍子で……まだちょっと、現実味が湧かないみたい」

自分では笑ったつもりだったが、弥咲の目にはどう映っただろう。

「そっか……。まあ、そういうこともあるよね」

そう返してくれたものの、弥咲はこちらを気遣うような顔のままだ。

弥咲に余計な心配をかけている。それはわかるのに、どう振る舞えばいいのかとっさに頭に浮かんでこない。

和子にもわかっている。昨日から、どうも自分はおかしい。陸地にいるにもかかわらず、水の中で生活しているような気分だ。誰の声を聞いてもくぐもったように遠く、相手の顔も水中で見るそれのようにぼんやりと歪んでいる。立っても座っても歩いても、常に水の抵抗を受けているようにふわふわと心許ない感触だった。

「大丈夫だよ」

そう答えた自身の声さえ水に沈めたように不鮮明で、遠い。自分の周りに分厚い膜でも張られているかのようだ。

商品棚に並べられた化粧品を見ても、喜びも達成感も湧いてこない。だが、こんな状態だからこそ、別の感情を抑え込んでいられるのだろうとも思う。

（別のって、どんな……）

自ら問いかける声も遠い。意識の水面下から浮き上がってきた疑問すら、瞬きを数回する頃には、すっかり意識の底に沈んでしまっていた。

和子の店に来る客は近所の主婦が多い。それに次いで多いのが近くの大学に通う女子大生だ。

店先に並べた化粧品は、自分と同年代の女子大生が手に取ってくれるのではないかと思っていたが、実際は主婦たちによく売れた。和子が化粧品に関するアドバイスなどしてこないおかげで逆に気兼ねなく好きなものを買えるのか、芳江と同年代の主婦が紫がかった口紅を「ちょっと派手かしら」なんて言いながらいそいそと買っていく。少し気恥ずかしそうなその姿は初々しく、なんだか微笑ましくさえ見えた。

弥咲も化粧品を目立たせようと、早速商品の下に敷く布に凝った刺繍を入れてくれた。紺色の布に、白い巻貝や水色の二枚貝、桜色のヒトデなどを刺繍したそれは、おそらく夜の海を模したものだろう。化粧品のパッケージを見た瞬間、貝の内側のようだと思ったというその印象が強く残っているらしい。

化粧品を手にする客の嬉しそうな顔や、弥咲の作ってくれた敷布、それから店の一番目立つ棚に置かれた化粧品を見ているうちに、水の底に沈んでいたようだった和子の感情もゆっくりと浮上してきた。

店に化粧品を並べるようになってから三日ほど経った晩、布団の中で寝返りも打たず天井を見詰めていた和子は、やおら起き上がると布団を出て、足音を忍ばせ階下に下りた。家族はとうに寝静まり、家の明かりは落ちている。玄関先の階段を下り切ると、廊下の奥から微かに一鉄のいびきが聞こえてきた。うっかり床板を軋ませぬよう、爪先立ちで歩いて店に下りる。

店の中も真っ暗だったが、ガラス戸から月明かりが射してくるおかげで手元を見る分には問題ない。きんと冷え切った夜空に、いくらか膨らみ始めた月が輝いているのを見上げてから、和子は化粧品が置かれた棚の前に立った。

暗がりの中に白いパッケージが浮かび上がる。和子はずらりと並んだ口紅に指を伸ばし、しばらくふらふらと指先をさまよわせてから、そのうちの一本をそっと摑み上げた。

ひんやりと冷たい口紅を手の中に握り込んで、溜息をついたら吐息が白く凝(こご)った。土間になった店内は、夜更けともなるとしんしんと冷える。

和子は暗い店内に視線を走らせ、自分以外誰もいないことを確認してからそっと口紅の蓋を取った。闇の中で銀の筒が光り、底を回すと口紅の先が顔を出す。

バラ色の口紅は、真夜中に見ると味気ない灰色をしていた。

傍らの商品棚には、和子が仕入れた陶器の置物や貯金箱の横に、鏡の裏側に椿(つばき)を彫った真鍮(しんちゅう)の手鏡も置かれている。和子は片手で手鏡を持つと、もう一方の手に口紅を持った。

心臓がどきどきと落ち着かない。でもこれは高揚のせいだ。もう綾子や元太の笑い声は聞こえてこない。だってこれは私の口紅。私が手に入れたものなのだから。

もう一度、こうして口紅を塗ってみたかった。化粧品を買ったことは誰にも気づかれることなく、人知れず化粧の練習がしたかった。

緊張のせいか指先が震える。口紅を握り直し、いよいよ唇に当てようとしたその瞬間、鏡の中の自分と目が合って手が止まった。

暗がりの中でもなおわかるくらい自分の顔は青白く、目の下には濃い隈（くま）が浮かんでいた。

ここのところ、布団に入ってもなかなか寝つけなかったせいだ。

眠れない理由は、こうして家族が寝静まるのを待っていたから——ではない。

梶のことが頭から離れなかったからだ。

そう自覚した途端、ここ数日薄膜のように和子を覆っていたものが突然破れ、和子と見えない膜の間に溜まっていた水がざぁっと流れ落ちた気がした。

急に周囲の音が鮮明に聞こえてきて、自分の呼吸の音が耳を打つ。体の内側でごうごうと流れる血の音と、心臓の音。指先で触れる口紅が痺（しび）れるほど冷たい。布団を出たときは気にもならなかった夜の冷気が、寝間着から飛び出した首筋や踝（くるぶし）に噛みついてくる。

ぼんやりと見ないふりをしてきた本心と向き合ったら、現実味を失っていた世界が輪郭を取り戻した。目と耳が息を吹き返し、視界が見る間に水没する。

瞬きをしたら、目の縁からぼろりと涙がこぼれ落ちた。一粒落ちたら後はもう待ったなしで、両目からぼろぼろと涙が落ちる。頬を伝い、顎先を滴ったそれは、和子の足元に落ちて小さな染みをいくつも作った。

喉の奥から嗚咽がせり上がってきて必死で唇を噛んだ。手鏡を棚に戻し、濡れた顔を袖口で乱暴に拭う。それでも片手は口紅を握りしめたままだ。未練がましく手放せない。

直前までの高揚など、どうせ口紅なんて似合わない、という濁流のような悲観的な想いに押し流されてしまった。

バラ色の口紅をつけたところで何も変わらない。

——好きな人に振り返ってもらえるわけでもないのに。

だんだんと声を殺すのが苦しくなってきて、いっそ身も世もなく泣いてやろうかと深く息を吸い込んだ、そのとき。

「……和子？」

店と接する和室から、吐息が掠れるような小さな声がした。とっさに振り返ると、上がり框の向こうからおっかなびっくり弥咲が顔を覗かせる。

闇に怯えた様子で首を竦めていた弥咲は、店先にいた和子を見て一瞬だけほっとしたように頬を緩めたが、その様子がおかしいと気づくやたちまち険しい顔になって、裸足のまま店に駆け下りてきた。

「和子？　どうしたの、泣いてるの？」

和子は慌てて弥咲から顔を背けたが、すでに嗚咽が喉を震わせ、背中や脇腹までひくひくと痙攣（けいれん）している有様だ。なんでもない、と言い返すことすらできない。

弥咲はひどくうろたえた様子で和子の肩に手を置いたり、控えめに背中をさすったりしていたが、家の奥からひと際大きな一鉄のいびきが聞こえてきた途端、声を潜めて「とりあえず上に行こう」と囁いた。

弥咲に背中を押されるようにして家に上がり、二人揃って階段を上がる。弥咲の部屋に連れ込まれたときにはもう嗚咽を抑えていることもできず、敷きっぱなしの布団の横にへたり込んで子供のように泣きじゃくった。

弥咲はおろおろしつつも布団の上にかけていた綿入れを和子の肩にかけたり、その上から背中をさすったり、立ち上がって部屋の電気をつけようとして、途中で思い直したのか文机の上のランプをつけたりと忙しい。最後は再び一階に下りて、コップに水を入れて持ってきてくれた。

膝を抱え、部屋の壁に背中をつけてうずくまっていた和子は、膝の間からちらりと目を覗かせ、差し出されたコップを手に取った。しゃくり上げてから一口飲んだ水は痛いくらい冷えていて、喉元を滑り落ちて胃の腑に落ちていく感触がわかるほどだ。

和子は小さく息を吐き、「ありがとう」と鼻声で礼を述べる。

和子の傍らに膝をついた弥咲はしばらく口を開いたり閉じたりしていたが、最後は迷いを呑み込むように唾を飲んで、和子の顔を覗き込んだ。

「こんな夜中に、何かあったの……？」

和子は無言で自身の前髪を引っ張る。そんなことをしたところで顔を隠せるわけもないのだが、いい年をして大泣きしてしまったのが今更恥ずかしかった。泣いていた理由を打ち明けるのはもっと恥ずかしかったが、弥咲が心底こちらを案じているのがわかるだけに無言を貫くこともできない。悪あがきにもう一口水を飲み、消え入るような声で呟いた。

「……梶さんが、お見合いするって」

それだけしか言えなかった。でも、弥咲はすぐにぴんときたようだ。

「梶さんが、お見合い」

「鉄工所の社長の娘さんと。婿入りするって」

「結構具体的に話が進んでるんだね……」

うん、と答える声が詰まった。どうせもう弥咲には涙を見られているのだと思うと無理に隠す気も失せてしまって、溜息とともに涙をこぼす。

赤の他人が結婚するだけなのに和子が泣き出した理由を弥咲は理解したようだが、すぐにはその事実を呑み込めない様子で、忙しなく視線をさまよわせてから口を開いた。

「和子、もしかして……梶さんのこと、好き……だったとか？」

改めて言葉にされると恥ずかしく、目の周りにかぁっと熱が集まった。弥咲の顔を直視できず、膝に顔を埋めて小さく頷く。

「だから最近、元気なかったの……？　え、でも、いつの間にそんな……？」

いつの間に、と言われても和子もよくわからない。だから和子は、これまでの梶とのやり取りを順に弥咲に伝えた。神社で弥咲を助ける手助けをしてくれたことから始まって、初めて宮本のもとへ行ったとき、緊張しきりの和子に仏頂面の猫が描かれたメンコをくれて笑わせてくれたこと。大量の在庫を抱え込んで困っていたときは相談に乗ってくれたし、編み物教室を開いたらどうかと提案もしてくれた。花精堂の取引を断られて落ち込んでいるときも話を聞いてくれて、和子の昔話に耳を傾けてくれた。

和子はあの日、梶に話した子供の頃の話を弥咲にも打ち明ける。弥咲は痛ましそうな顔で和子の昔話を聞き、「そうだったんだ」と悔いるような顔で呟いた。

「知らなかった……。和子がそんな気持ちでお化粧品を売ろうとしてたなんて。ごめん、きちんと話も聞かないで……」

「弥咲が謝ることじゃないよ。むしろ梶さんはよくこんな話を黙って聞いてくれたなって思う」

ようやく涙も引っ込んできて、和子は大きく息を吐く。帰り際、梶に化粧なんてしなくても綺麗だと言われたことは、敢えて口にしなくてもいいだろう。梶としては妹を励ますような気持ちでかけてくれた言葉だ。それなのに勝手に勘違いして、舞い上がってしまったなんてさすがに恥ずかしくて打ち明けられない。

　話を聞き終えた弥咲は険しい表情で沈黙し、和子を見て真顔で言った。

「……梶さん、いい人じゃない？」

　真剣な顔で何を言い出すかと思ったら、今更すぎる感想に噴き出した。

「そうだよ、梶さんはいい人だよ。近所のおばあちゃんのお喋りに何時間もつき合ってくれるお人好しだし、秋保さんだって娘さんと結婚させたいぐらいだって言ってた。私もよくしてもらったし、弥咲だって、倒れてるところを梶さんに運んでもらったじゃない」

　家族のために高校を中退して、問屋の仕事を始めたとも聞いた。元来、誰かのために行動することを厭わない性格なのだろう。梶は誰にでも親切で優しい。目元にくしゃりと皺を寄せたあの笑顔を向けられるのも、自分だけの特権ではないのだ。

「私なんて、最初から振り返ってもらえるはずもないくらい、いい人だよ」

　目を伏せると、濡れた睫毛が目の縁に触れてひやりとした。

　弥咲は何か言いたげに口を開いたものの、思い直したように首を横に振る。

「でも、和子にはお店があるよ！　念願の化粧品も売れるようになったし、前向きに考えよう！　結婚したらお店も畳まなくちゃいけなくなるし！」

　ほら、と弥咲が和子の手元を指さす。気がつけば、口紅を握りしめたまま二階まで持ってきてしまっていた。もうすっかり自分の体温が移ってしまったそれを手の上で転がし、そうだね、と和子も頷く。

「弥咲の言う通り、私にはお店がある。結婚しないってお父さんにも最初に言っちゃったし、私はここでお店を続けていくよ」

「そうだよ。和子には商売の才能もあるし、いずれは支店も出そう！　東京に進出してもいいよ！」

弥咲の夢は壮大だ。苦笑しながら相槌を打っていると「化粧も」と真面目な顔で言われた。

「もう誰の目を気にすることもなく、お化粧だってしたらいいよ。明日からでもその口紅つけてお店に立ったらいいじゃん。きっと和子に似合うよ」

和子は手の中の口紅に目を落とす。

バラ色の口紅は和子の憧れの色だ。成人式で友人たちがつけていた柔らかな色。幼馴染の環によく似合う、華やかな色。

「――ううん、私はもういいの」

「でも……」

「だってやっぱり、似合わないもの。こうしてお店に並べられただけで、もう満足」

言い切って、和子は口紅を畳の上に置いた。

「それより、来月はもう少しお化粧品の仕入れを増やしてもいいかもね。化粧水とか乳液も用意しておいた方がよさそうだから」

「それもいいけど、和子は……」

「私はいいの。それより、お化粧品の棚を増やしたら、また敷布に刺繡してもらってい い？ あれ、お客さんから凄く評判がいいの。もしかしたら弥咲が刺繡した暖簾なんかも売れるかもよ」

弥咲に全部打ち明けたら、少し気持ちが軽くなった。梶に対する想いが急にすべて消えてくれたわけではないが、自分には店があるのだ。商売に専念していれば、だんだんと梶のことを考える時間も減っていくだろう。

「これから忙しくなるよ。頑張ろうね、弥咲」

まだ鼻声のままだったが、和子は精いっぱい明るく笑う。弥咲も微かに笑って頷いてくれたが、畳に置き去りにされた口紅が気になるのか、どうにも視線が落ち着かない。そんなこと、弥咲が気にする必要などないのに。

「大丈夫、私にはお店があるもの」

町中が寝静まったような深い夜に、声はひと際くっきり響く。自分で口にしてみたら、それは鋭い刃物のように和子の未練や執着をすっぱりと断ち切ってくれた気がした。

弥咲は探るような目で和子を見詰め、ややあってから「うん」と頷く。

和子にはお店があるよ、と言ってくれたのは弥咲だというのに、その目はまだ何か決めかねたようにゆらゆらと揺れたままだった。

電電公社とスマートフォン

弥咲は平成生まれなので、昭和という時代がどのくらい文化的なのか今一つぴんと来ていないところがあった。

そもそも昭和は長いのだ。途中に戦争という大きな転換期も挟んでいるため、初期と末期でかなり様子が変わってくる。

弥咲が昭和という時代に対して長年抱いていたイメージは、どうやら前半のそれであるらしい。家電などはほぼ存在しない、すべてが手作業で営まれる生活。だが昭和四十五年ともなると、そんなイメージは一掃される。

「綾子さんの家には炊飯器があるからありがたいです。台所で煙に巻かれなくて済むんですから！」

綾子の家の台所で夕食を作りながら、弥咲は地蔵の頭でも撫でるような敬虔さで炊飯器を撫でる。なんなら拝んでしまいそうだ。本当に、家電の進化はありがたい。

隣の茶の間では、仕事から帰ってきた綾子がテーブルに肘をついて「大げさねぇ」と笑っている。仕事に行くときはスカートにピンヒールで隙なく装っている綾子だが、家の中ではゆったりとしたパンタロンにセーターなど合わせてくつろいだ格好だ。それでも口紅はきっちりと塗っている辺りに美意識の高さが窺える。

和子の家から歩いて十五分。環の家の近くにある綾子の家は平屋の一軒家だ。室内は畳敷きだが、茶の間にはカーペットが敷かれ、ダイニングテーブルや椅子などが置かれているので、一見すると洋間にしか見えない。

この家では台所で薪を焚く必要がないし、風呂もガスで沸く。令和と同等、とまではいかなくとも、和子の家と比べればまだしも文化的な生活だ。

綾子の家に弥咲が頻々と訪れるようになったのは、ここ二か月ほどのことだ。

和子が店を開いて以来、綾子はたびたび店を訪れるようになった。和子は綾子に苦手意識を抱いているようだが——和子の幼少期の話を聞いた今ならそれも理解できる——弥咲自身は綾子のさばさばしたところに好感が持てて、店先でよく立ち話などしていた。

この家に通うようになったきっかけは、店番をしていた弥咲に綾子が「夕方から雨が降り出しそうだから、暇を見てうちの洗濯物取り込んでおいて」と家の鍵を渡してきたことだ。いくら弥咲が和子の家で世話になっているとはいえ、赤の他人に鍵を渡すなど防犯意識はないのかと慄いたが、近所の人に言わせると家に鍵をかけている時点で綾子はかなり用心深い方なのだという。

その後も「荷物が届くはずだから受け取っておいて」だとか「買い物頼まれてくれる?」なんて声をかけられるようになり、鍵を預けられるのも当たり前になってきた頃、「私の仕事中に家の用事を片づけておいてほしい」と綾子に頼まれるようになったのだ。

今は週に三度ほどこの家を訪れて、掃除や洗濯、夕飯の支度など、綾子から頼まれたことをこなしている。

「そうだ、これ今回の分ね」

綾子はいったん席を立ち、茶封筒を手に戻ってくる。テーブルの上に置かれたそれを見て、弥咲は台所から深々と綾子に頭を下げた。

「いつもありがとうございます!」

「こっちこそ助かってるわ。なのにこんなお小遣い程度で悪いけど」

とんでもない、と弥咲は首を横に振る。

綾子は弥咲に家事を頼むとき、こうして必ず給料をくれる。弥咲のことを時間給で働くハウスキーパーのように扱ってくれるのだ。そのことが弥咲には嬉しい。

(やっぱり現金収入があるってありがたいなぁ)

現在弥咲は住所不定、無職の状態だ。いつまで和子の家のご厄介になっていられるかわからないだけに、少しでも現金があるのは心強い。

和子の店で自作のブローチなどが売れたときの売り上げはもらっているのだが、こちらはなんだか使うのが惜しくて大事に取っておいていた。それこそ生活の足しにもならない微々たる金額なのだが、自分の作ったものを誰かが買ってくれた証のように思えてしまって、とても使えそうになかった。

弥咲は機嫌よく炊飯器の蓋を開け、炊き立ての白米を器によそる。綾子の家で夕食を作る日は、弥咲もここで食事を呼ばれていくのが常だ。二人分の食事を食卓に並べ、綾子とともに「いただきます」と両手を合わせた。

一人暮らしをしていた頃はほとんど自炊をせず、コンビニの総菜などで食事を済ませていた弥咲のレパートリーは少ない。今日も白米と味噌汁、肉じゃが、芳江が持たせてくれた漬物くらいしか食卓には並んでいないが、綾子は文句も言わないのでありがたい。これが元太だったら「おかずが少ない」と不機嫌になっているところだ。そんな元太のために、毎食三品以上のおかずを作らなければいけない芳江の苦労は計り知れない。

「和子の家もせめて炊飯器くらい使えばいいんですけどね。あの家、ちゃんと炊飯器持ってるのに未だにかまどでお米炊いてるんですもん。せっかくの炊飯器は何に使ってるんだと思うじゃないですか？　まさかのお菓子入れですよ、もったいない」

本気で憤慨していると、向かいの席で味噌汁を飲んでいた綾子が声を立てて笑った。

「あれはお父さんが悪いのよ。電気で炊いたお米は不味い、なんて言って食べてくれないんだもの」

「味なんて変わらない気がしますけど。大体、自分で食事の支度をするわけでもないのに」

愚痴めいたものをこぼしてしまい、慌てて口をつぐんだ。自分の父親を貶されたらさすがの綾子も気分を害するのではと思ったが、意外にも「本当よね」などと苦笑している。

不慣れゆえ上手く味が入らなかった肉じゃがに箸を伸ばし、弥咲はおっかなびっくり綾子に尋ねた。

「和子のお祖父ちゃんって、どうしていつもああなんですかね……？　人のやることにいちいち難癖つけてきたり、ちょっと目新しいことしようとすると邪魔してきたり」

綾子の機嫌を損ねるのも覚悟の上の質問だったのだが、やはり綾子は顔色を変えなかった。味噌汁をすすって肩を竦める。

「臆病だからでしょうね」

あんなに横柄で声の大きい人が？　と首を傾げる。和子や芳江だけでなく、弥咲だって何度元太に怒鳴られたことかわからない。臆病とは対極にいるように見えるが。

釈然としない弥咲の表情を読み取ったのか、綾子が椀をテーブルに置いた。箸休めのように漬物に箸を伸ばし「別に臆病な人間が全員小鹿みたいに大人しくしてるわけじゃないわよ」と言い添える。

「お父さんはね、あれこれ考えすぎなの。あの人、あの年で珍しく読み書きそろばんできるのよ。あんまり昔の話はしてくれないから、どういう経緯で学をつけたのか知らないけど。一鉄兄さんなんかは寡黙だから、真面目な顔してなんだか難しそうなこと考えてるように思われがちだけど、あれで案外何も考えてないのよ。それに比べてお父さんはいろいろ頭が回っちゃうだけに気が気じゃないんでしょうね。失敗したら、って思うと足が竦むんじゃない？　たとえ実際に動くのが自分自身じゃなくても」

あの元太にそんな小心なところがあるだろうかと思う半面、何か新しいことを始める際、臆病風に吹かれて足踏みしてしまう気持ちは痛いほどわかって箸が止まった。

弥咲が和子の夢を後押しできたのは、和子が実際に自分の店を持てたことを事前に母から教えられていたからだ。そうでなければ弥咲だって和子を止めたかもしれない。失敗するリスクも高いし、やめておくべきだ、と。

自分のこととなればもっと臆病になって、刺繍作家を目指すどころか、最初の一歩を踏み出す勇気すら持てなかったくらいだ。

「……じゃあ、和子のお兄さんが絵描きになるのを止めたのも？」

「そりゃ絵なんかで食べていくのは容易なことじゃないもの。絵画なんて一枚も買わずに一生を過ごす人の方が多いのよ？　だったらまだ宝石の方がどこの家でも一つは持ってるでしょう。本当は兄さんと同じ鉄道会社とか、せめて鉄工場とか、そういう手堅い仕事に就かせたかっただろうに宝石職人に弟子入りさせたのは、せめてもの譲歩だと思うけど」

「ただ底意地が悪いだけの人じゃなかったんですね」

そんなことをぼんやり口にすると、弾けるような声を立てて綾子に笑われた。

「まあね、頭ごなしに相手を否定するのは褒められたものじゃないけど、お父さんなりに家族を守ろうと必死なのよ。そこをわきまえておけば接し方も変わってくるだろうに、和子は駄目ね。すぐカッカきて言い返しちゃって。ああいうときは『そうねお祖父ちゃん』て一度受け入れてあげてから『でも私こう思うの』って切々と自分の思いを訴えればいいの。そこまで話がわからない人じゃないんだから」

「なるほど」

和子がさんざん「綾子叔母さんはお祖父ちゃんに甘やかされてる」なんて言うから、一体どれほど綾子は元太に媚びているのだろうと疑ったこともあったが、どうやら違う。単に綾子は相手のことをよく見ていて、如才なく振る舞っているだけだ。上司のあしらいが上手い会社の先輩に似ている。

元太も自分の意見を押しつけてくる面倒くさい相手だと思っていたが、心配性のお祖父ちゃんと思えばまだ少し、ほんの少しだけ、微々たるものだが、悪いばかりの人ではないかもしれないと——。

(……いやぁ、なかなかそうは思えないな。あの爺さんは威張り散らすばかりで面倒くさい。心配なら心配でもっと他に言いようがあるだろうに)

昭和の時代だって、もっと柔らかな物言いができる人間はたくさんいるはずだ。時代に関係なく元太の性格には難がある。憤然と食事を再開させると、先に食事を終えた綾子が汚れた皿を手に席を立った。

茶の間と台所を仕切るビーズの暖簾をくぐって戻ってきた綾子は、その手に焼酎の一升瓶を持っていた。

「ねえ、貴方ちょっとくらい飲める？　よかったらつき合わない？」

おっ、と思わず声が出てしまった。弥咲は特別酒が好きというわけでもないが、週末に缶チューハイを買ってきて、ほろ酔いになるくらいには飲む方だ。昭和に来てからはまるで飲んでいなかったので目が輝いた。

綾子が用意したのは芋焼酎だ。水割りで飲むという。

焼酎はアルコール度数が高いし、きつくて飲みにくいのでは、と最初こそ躊躇したが、綾子に勧められるまま水割りで飲んでみて目を見開いた。

「全然アルコール臭くない！　凄く飲みやすい！」

想像していた酒臭さはほとんどなく、代わりに芋の甘い香りが鼻に抜ける。キンと水が冷えているのがいいのかもしれない。氷も入れていないのに、山梨という土地柄のおかげだろうか。酒はもとより、水が美味（うま）いのだろうと感動した。

「やだ、案外いけるくちじゃない。もっと早く誘っておけばよかった」

綾子は上機嫌で自分のコップにも酒を注ぎ、漬物をつまみに美味そうに酒を飲んだ。まだ焼酎初心者の弥咲はコップの底に少しだけ酒を入れてかなり水で薄めてしまうのだが、綾子はなかなかの酒豪らしい。コップの三分目まで勢いよく酒を入れ、軽く水で割ってぐいぐい喉に流し込む。

早々に目元を赤くした綾子が、ねえ、とテーブルに身を乗り出してきた。

「貴方、うちのお女中さんにならない？　今みたいに週に何度か通いで来るんじゃなくて、住み込みで働くの。この家、空いてる部屋ならあるんだから」

綾子の言う通り、ここは一人暮らしにはもったいない広さの一軒家だ。和室と寝室と客間の他に、六畳ほどの納戸もある。納戸を女中部屋にすれば十分弥咲も暮らせるだろう。元太と離れて暮らせるのは魅力的だが、でもなぁ、と弥咲は腕を組む。

「私、和子の店の手伝いもしないといけないので……」

「だったら店番してる間の給料をもらいなさい。そうしたら和子だって、今みたいに気が向いたときだけ店番するようないい加減なことしなくなるから」

ぴしゃりとした口調に驚いて、口元に運びかけていたコップを止めてしまった。絡み酒かと思いきや、綾子の表情はまだ酔っ払いのそれではない。

「貴方もねぇ、店番はれっきとした仕事なんだから、きちんと給料を請求しないと」

「でも私、和子の家でお世話になっているので、さすがにそこまでは……」

「だからあの家を出てうちにいらっしゃいって言ってるの。居候としてあそこにいる限り、一生ただ働きさせられるわよ」

アルコールのせいで若干顔が赤くなっているが、綾子の口調はしっかりしている。それに、結構痛いところを衝かれてしまった。

「貴方だってずっとあの家にいられるとは限らないでしょ。もし和子が結婚して家を出ていったりしたら、どんなに面の皮が厚くたって居候は続けてられないわよ」

「それは、そうですけど……でも、和子は結婚しないで店を続けるって言ってましたし」

綾子は一息でコップの中身を飲み干すと、はっと鋭く息を吐くようにして笑った。

「わっかんないわよ、そんなこと！　私の友達だって結婚しないって言ってた子がいたけど、結局近所のお節介なおばさんから縁談持ちかけられて結婚しちゃったんだから。和子だってそうならないとは言い切れないじゃない」

「でも、和子はお父さんとそう約束してましたし」

「やぁね、兄さんだってそんなの単なる口約束だってわかってるわよ。男親ってのは娘に弱いんだから。私だってお父さんに『家さえ用意してくれたらすぐに結婚するから』って言ってこの借家やら家具一式やら用意してもらったんだから。結婚する気もないのに」

あっけらかんと言ってのけ、綾子はふぅっと酒臭い息を吐いた。

「それに、一生店を続ける？　あの店、そんなに儲かってるの？　兄さんに援助してもらってようやくどうにかなってる程度でしょ？　言っちゃ悪いけどお店屋さんごっこよ」

「そんな、ひどいですよ！」

さすがに黙っていられず口を挟んだが、綾子はにこりともしない。

「ひどくたって事実でしょう。兄さんや芳江さんがいなくなった後、あの店の収入だけで和子が生きていけるの？　無理でしょ？　それで結婚しないなんてよく言えたもんだわよ。女が一人で生きていこうと思ったらね、周りが納得するぐらいの仕事と収入がないと駄目なの」

綾子が空のコップをこちらに突きつけてくる。弥咲は何か言い返そうとしたけれど、突きつけられた言葉はいかにも正論であるように思えて、すごすごとコップを受け取った。

台所で水道の水をコップに注いで水割りを作りながら、弥咲は唇をへの字にした。

綾子の言葉に説得力があるのは、実際に独身で悠々と暮らしている綾子が男並みの給料をもらっていることを知っているからだ。綾子のもとにもこれまで見合いの話が舞い込んできたのだろうが、「一人で生きていけるだけの稼ぎはありますから」の一言で断ってきたのが目に浮かぶ。

逆に言えば、それだけの断り文句がないと押し切られてしまう可能性もあるということか。町内の人間が全員親戚のような間柄で、親切とお節介の境目が曖昧なくらいぐいぐい他人の家に踏み込んでくる姿は、弥咲もこの数か月で何度も目にしてきた。

(この時代に女の人が独身を貫こうと思ったら、相当の覚悟が必要なんだろうな……)

女は結婚して子供を育てるのが一番の幸せ、なんて言葉がまかり通る時代だ。下手をすると、いい年をして未だに結婚しないなんて本人に何か問題があるのでは、と失礼な勘繰りまでされかねない。

綾子はそれをわかっている。一人で生きるなら絶対に仕事は必要だ。でもこの時代、男並みに女が稼ぐのは容易ではない。

弥咲に至ってはまず仕事を見つけることから困難だ。数か月前にふらりとここにやってきた身元不明の女を雇ってくれる奇特な店は少ない。今は和子の家に身を寄せているからなんとか近所の人たちとも会話が成立しているが、そうでなければよそ者扱いでまともに口も利いてもらえなかったのではないか。

そういう事情をわかっているから、綾子は弥咲に労働の対価としてきちんと給料を支払ってくれる。下手をしたら村社会という共同体からいいようにこき使われて終わりかねない弥咲を案じてくれているのだろう。

水を多めに入れた水割りを手に茶の間に戻った弥咲は、前より少し目元の赤みが増した綾子にそれを手渡す。美味そうに酒を飲むその姿を見詰め、迷いながらも口を開いた。

「……実はつい先日、和子に縁談の話が来たんです」

「ほらやっぱり。いい機会じゃない、和子がお嫁に行く前に、貴方うちのお女中さんになりなさいよ」

「でも、和子はそれを断りました」

弥咲もコップを手に取って、その中に息を吹きかけるようにして溜息をついた。

梶への恋心を和子から打ち明けられたのは、一週間ほど前のことだ。

真夜中に泣きながら自身の恋心を口にした和子は、それで何かが吹っ切れたのか、翌日からは前にも増して店の仕事に精を出すようになった。弥咲から見ると少し無理をしているのではとはらはらするくらいだったが、店先に立つ和子のはつらつとした笑顔は近所の人たちからも評判で、三峰さんの看板娘なんて言われるようにもなったくらいだ。

そのせいなのか、あるいは前々からそんな話があったのかは知らないが、和子のもとに縁談の話が舞い込んだ。相手は従業員を使って大々的に仕事をしている機屋の息子本人というより、その母親がいたく和子を気に入ったらしい。結婚しても和子は機屋の仕事を手伝ってくれなくていい。和子の実家の近くに新居を建てるので、今まで通り雑貨屋を切り盛りしてほしいと、破格の条件を出してきたそうだ。

これ以上ないほどの縁談を、和子は即決で断った。

「私にはお店があるし、結婚しないってお父さんにも言ってあるからね」なんて和子は言っていたが、もしやまだ梶に未練があるのでは、と疑ってしまう。

（まさか和子が梶さんを好きになっちゃうなんてな……）

弥咲の母親の話では、和子と梶はお見合い結婚で、上京する梶についていくため和子は店を閉めざるを得なかった――というような話だったのだが。

どうしてここまで現実と食い違うのだ、と母親に八つ当たりしたい気分になったが、よく考えたら自分だって両親の結婚のなれそめなんて聞いたことがない。きっと母も本人たちからそれを聞いたわけではなく、親戚が推測交じりに口にする言葉を耳にして勝手な想像を膨らませただけなのだろう。

和子は結婚なんて端から望んでいないのだろうと思ったからこそ梶との仲を阻止したのに。真夜中に声を殺して泣く和子の姿を思い出したら、自分は間違ったことをしたのではないかという不安が押し寄せてくる。

「……和子って、結婚した方がいいんでしょうか。それとも、このままずっとお店を続けていった方が幸せなんでしょうか」

弥咲が考え込んでいる間もすいすいと焼酎を飲んでいた綾子は、んー、と喉の奥で押し潰したような声を上げてテーブルに頬杖(ほおづえ)をついた。

「そうねぇ……あの子は商売が好きかもしれないけど、向いてはいないと思うのよね」

「向いてませんか？　あんなにいろいろアイデア出して頑張ってるのに……」

「問題はそういうところじゃないのよ。客商売するには人が好すぎるの」

綾子はきっぱりと言い切ったが、さすがに少しだけ呂律(ろれつ)が怪しくなっている。

「つけで商売してるのに、集金できてなかったりするでしょう。何か事情があるみたいだからまた今度、とか言って大人しく引き下がっちゃって。それじゃ駄目よ、相手の事情なんて考えてたら。約束は約束なんだから、何がなんでも払ってもらわなきゃ。それができないなら端から売らなきゃいいのに、店先で客を追い返すこともできないでしょ？」

「あー……、そういえば、先月の支払いが済んでないお客さんが店に来たときも、またつけで商品売ったりしてましたね」

「優しすぎるのよ。むしろお人好し。貴方みたいに縁もゆかりもない人間を保護したぐらいなんだから、わかるでしょ？」

身に覚えがありすぎてぐうの音も出ない。

一緒に暮らしてわかったことだが、和子は少し一鉄に似ている。ごり押しされると断れないのだ。支払いが滞っている客が店に来ても強く取り立てができないし、追い返すこともできない。飛び込みの問屋に泣き落とされて、売れそうもない商品を引き受けていたこともあった。編み物教室でさえ、「うっかり実家からの仕送りを使い込んでしまって今月分の月謝が払えない」と相談に来た女子大生の月謝を待ってやったりしていた。

「いいカモにされるわよ、あんなの」

手厳しい言葉を否定しきれない。黙り込む弥咲を見て、綾子は肩を揺らして笑った。

「まあ、あの家でぬくぬくと育てられてきたら仕方ないでしょ。外に働きに出たこともないし、家事だってろくに手伝ってないし」

「それは、でも、この時代の女の子たちはみんなそんなもんじゃないですか？」

「まさかぁ。私はあんなに習い事してなかったし、家のことだってさせられたわよ。母親が早くに亡くなっちゃったから」

綾子の母親は、綾子が小学校に上がって間もない頃に亡くなっている。元太は男手一つで四人の子供を育てたが、さすがに娘の花嫁修業にまで頭が回らなかったらしい。綾子は習い事をせず、料理も裁縫も四つ年上の姉に教わったという。

「姉は美人で、料理上手で、優しくて、何かと比較されるものだから、すっかりひねくれちゃったわよ」

焼酎を飲みながら、綾子は苦い顔で笑う。

「お姉さんは気立てがいいのに、妹の綾子ちゃんは嫁の貰い手がないだろう、なんて近所の連中がはばかることなく言ってくるわけ。だから私も頭に来て『もう絶対結婚しない』って啖呵切って電電公社に就職したの。三十過ぎたらさすがに結婚の話もされなくなったし、気楽でいいわ」

コップをテーブルに戻そうとして、綾子が手元を狂わせた。すでに空になっていたコップが倒れ、弥咲は椅子から腰を浮かせる。

「綾子さん、ちょっとお水飲みましょうか」

声をかけたが、綾子は肘をついたまま目を閉じてしまった。転がったコップもそのままに、独白めいた口調で言う。

「私は私の好きなように生きるの。周りも羨むような生活をしてやるわよ。行かず後家じゃいつか後悔するぞ、なんてしたり顔で言ってくる人もいるけどね、絶対に後悔しない。それだけは絶対よ。どんな最期を迎えたとしても、後悔なんてしてやるもんですか」

小さいが、強い意志を感じさせる声だった。酔って舌が回っていなくても、なお鬼気迫るものを感じる。

弥咲はコップに水を汲んできて綾子に差し出す。綾子も大人しくそれを受け取って、一息でコップを空にした。それで酔いが醒めたわけでもないだろうが、閉じかけていた目を開いて滾々と語り始める。

「和子は自分が恵まれてること、よくわかってないのよね。兄さんはこの辺じゃ珍しく大きい会社のサラリーマンでしょ。自営業と違って毎月決まった現金収入があるのは強いわよ。その上お父さんが世話してる畑もあるし、食べる物には困らない。あの子、あれが普通だと思ってるけど結構いい生活してるわよ。好きなこともさせてもらって、幸せよね」

「……やっぱり、和子の家って結構生活水準高いですよね」

「そうよ、本人は自覚してないけどね。和子なんて家のこともあんまりしてないお嬢様なんだから。高校生にもなって母親にお弁当作ってもらって、髪まで結ってもらって。そのくせ『あのおかずじゃ嫌だ』とか文句言うの。若い頃は羨ましくて、憎たらしくて、ちょっといじめたりしちゃった」

やはり水一杯では完全に復活しなかったのか、綾子はいよいよテーブルに突っ伏してしまった。その姿を、弥咲は複雑な心境で見詰める。

綾子が幼い頃に母親を亡くしていることを思えば、和子に羨望と嫉妬の眼差しが向けられるのもわからないでもない。だからといって、口紅を塗った和子を家族の前に引き出して笑いものにしたのはどうかと思うが。

「さすがに、いじめるのはひどくないですか？」

控えめに口を挟むと、蛇が鎌首をもたげるように綾子がゆらりと顔を起こした。完全に目が据わっている。別に苦言を呈したわけでは、と言い訳しようとしたが、綾子は弥咲の顔など見えていない様子で、子供のように唇を突き出した。

「なによぅ、その代わり勝次兄さんのこと焚きつけて、和子の家まで行かせたじゃない」

「勝次さんって……前に和子の家に来てくれた？」

元太が和子の出店に反対して、一鉄も右に倣えで和子の話に耳を傾けてくれなかった中、唯一応援してくれた和子の叔父だ。

「和子がお店を出したいってあれこれ計画してること、環ちゃんから聞いたから、それを勝次兄さんに教えてあげたの。勝次兄さんは前々から自分も商売したがってたから、絶対和子の味方になってくれると思って」

随分タイミングよく和子の援護射撃をしてくれる人が現れたものだと思っていたら、あれには綾子が一枚噛んでいたらしい。

喋りながらまたずるずると頭を下げ、最後はテーブルの上に重ねた両手に額を載せるようにして綾子は突っ伏した。

「……和子、お化粧品を売りたかったんでしょう？　化粧品に憧れてるくせに、自分ではお化粧もできないの。多分、昔私がからかいすぎたせいだわ……」

言葉尻は静かな呼吸に引き取られ、茶の間に綾子の寝息が響く。どうやら綾子もかつて和子をからかったことを覚えていて、そのことに罪の意識を覚えていたらしい。

「……気に病んでるなら、一言謝ったらすっきりするんじゃないですかね？」

口に出して言ってみたが、すっかり寝入ってしまった綾子からの返答はない。

とりあえずテーブルの上を片づけ、食器を洗って茶の間に戻った。綾子に目覚める気配がないのを見て、今度は和室へ行って押し入れから布団を出す。

「ほら綾子さん、布団敷きましたからそっちで寝てください」

肩を揺さぶってみたが不明瞭な返答があるばかりなので、無理やり立たせて和室まで引きずっていった。苦労して綾子を布団に押し込み、その傍らに膝をつく。

化粧も落とさず、綾子はすやすやと眠っている。切れ長の目と濃いアイメイクのせいか普段はきつい印象を与える綾子だが、こうして目を閉じているといくらか雰囲気が丸くなる。もしかしたら派手なメイクや服は、綾子なりの武装なのかもしれない。

(綾子さんには綾子さんの苦労があったんだろうなぁ)

和子たちと暮らしていると、元太から理不尽な目にあわされている和子や芳江にばかり同情しがちで、一人で悠々と暮らす綾子は自由でいいな、なんて思うこともあったが、実際のところはいかがなものか。この時代に女性が一人で生きていくのは、思う以上に世間の風当たりが強いものなのかもしれない。幸い弥咲はこれまで母親から「彼氏いないの?」なんて訊かれる程度で結婚を急かされたこともないが、令和の時代だって田舎に行けばまだまだ独身女性は肩身が狭かったりするものらしい。

(それでもまだ少しはましになってるのは、こういう人たちが時代を切り開いていってくれたからなんだよな)

女一人で生きていくには経済的に難しく、世間の目も冷たい。そんな中で苦労しながら働き続けた女性がいたからこそ、その後の女性の雇用も増えたのだろう。子供を産めば仕事を辞めるものだという慣例を蹴飛ばし、必死で子育てと仕事を両立しようとした人たちがいたからこそ、保育園や子育て制度も充実してきている。

(和子は、綾子さんと同じくらい強い信念を持って一人で生きていけるのかな。どんな未

改めて綾子の寝顔を見詰め、弥咲はこう思わずにいられない。

来が待っていても、絶対に後悔しないって言い切れる？）

梶が見合いをするらしいと知って、夜中に一人で泣いていた。あの姿を見るまで、和子はもっと凛とした女性だと思っていた。自分より年下なのに怖いもの知らずで、行動力があって、夢のために邁進して色恋沙汰になんて興味もないのだろうと勝手に思い込んでいたのだが、実際は違うのではないか。

（でも和子はお店をやりたがってたんだし、このままでも……。だけど綾子さんは和子にお店は向いてないって言ってた……。ああ、でもようやく和子が立ち直ってお店に集中し始めたところなのに、妙なこと言って引っ掻き回すのもなぁ……）

考えても結論が出ない。一体どんなアドバイスをすることが和子のためになるのだろう。和子に店を続けてほしい、と思うのは、叶わなかった自分の夢を和子に押しつけているに過ぎないという自覚も薄々あるだけに二の足を踏む。

傍らでは、綾子が小さないびきをかいて眠っている。さすがに口紅ははげかけて、輪郭も曖昧だ。小さく開いたその唇を眺め、ふと思った。

（そう言えば和子、未だに一度もお化粧してない）

店にはたくさんの化粧品が並んでいるというのに、和子は今日も今日とてノーメークで店先に立っていた。化粧をしてみたくて、誰にも気づかれず化粧品を入手するために店を開こうと思ったのだと言っていたはずなのに。

店には着々と商品が増え、客足も増えて和子の店は繁盛しているが、最初の目的が宙ぶらりんのままではないか。

（あの店は、本当に和子がやりたかった店なのかな……）

面と向かって和子にそれを尋ねたら、迷いもなく「そうだよ」と肯定されるのだろう。容易に目に浮かぶものの、それが和子の本心かどうかはわからない。

蛍光灯が切れかけているのか、和室を照らす明かりがゆっくりと暗くなって、息を吹き返したようにぱっと灯る。不安定な光の中、弥咲は膝を抱えて溜息をついた。

吐き出した息からは、酔っ払いが吐く息特有の、熟柿（じゅくし）に似た甘い匂いがする。考えは一向にまとまらず、自分もだいぶ酔っていることをようやくのこと自覚した。

バラ色の口紅

冬の朝、玄関先の廊下は痛いくらいに冷えている。

靴下を履いていても布地の裏から冷気がしみ込んでくるようだ。それでも家族は、一鉄が出勤する際の見送りを欠かさない。兄や弟が家にいた頃からずっと続く習慣だ。

芳江は朝から町内会の集まりがあるらしく忙しそうなので、今日は和子が一人で見送ることになった。冷たい床にべったりと足裏をつけずに済むよう、たまに爪先立ちになって一鉄が革靴の紐を結ぶのを待つ。

一鉄が立ち上がって中折れ帽子を頭に載せる。普段なら「行ってきます」とだけ言って出ていくのだが、今日は珍しく振り返って和子に声をかけてきた。

「明後日(あさって)、ケーキでも買ってくるか？」

唐突な質問に目を瞬かせていたら、一言「クリスマスだろう」と呟かれた。

クリスマスなんて、子供の頃は親にプレゼントをねだる一大イベントだったが、兄と弟が家を出てからはあまり意識にも上らなかった。

「お祖父ちゃん、あんまり洋菓子好きじゃないのにいいの？」

「たまにはいいだろう」

元太が不機嫌になるのを承知でこんなことを提案するのも珍しい。もしかしたら、今年は家に弥咲がいるからだろうか。弥咲はこの手の催しに疎いようだし、ケーキなんて滅多に食べられないから目を輝かせて喜びそうだ。想像して、口元に笑みを浮かべる。

「じゃあ、買ってきてもらおうかな」

帽子のつばの陰からこちらを見た一鉄も少しだけ目を緩め、今度こそ「行ってきます」と言って出かけていった。

茶の間に戻ると台所で弥咲が洗い物をしていて、和子は乾いた布巾を持ちその隣に並ぶ。

「弥咲、お父さんがね、クリスマスケーキ買ってきてくれるって」

「クリスマス？」と弥咲が両目を見開いてこちらを見た。黒目がこぼれ落ちそうだ。

「知ってる？」

「知ってる、けど……この時代もクリスマスとかあるんだね。ケンタもないし、なんとなくそういうことしないもんだと思ってた。もしかして、子供が眠ってる間にサンタクロースが枕元にプレゼントを置いていくっていう風習も、もうあるの？」

「あるよ。でも、風習って変な言い方」

弥咲は少し知識に偏りがあって、和子たちが当たり前に享受している文化や習慣をよく知らない。クリスマスも知らないのではないかと思っていたが、一応の知識はあるようだ。だがクリスマスケーキを食べるのは初めてなのか「この時代のケーキってどんな感じ？お砂糖でできたサンタの人形とか載ってる？」なんて楽しそうに笑っている。

「お父さんがケーキを買ってくるのも久しぶり。きっと今年は弥咲がいるからだよ」

食器を洗っていた弥咲の手が止まった。本気で言っているのかと言いたげに和子の顔を覗き込み、それから困ったような顔で笑う。

「違うよ。ケーキは和子を元気づけるためだよ」

こういうときだけ、弥咲は少し年長者の顔になる。

確信を込めたその言葉をとっさに否定できず、和子は自身の胸元に視線を落とした。そんなところを見遣ったところで、心の内側が透けて見えるはずもないのに。

「……私、そんなに落ち込んでるように見えた？」

「なんとなくね。頑張って明るく振る舞ってるのかなって」

「そんなことないよ。今はお店のことで手いっぱいで、落ち込んでる暇もないんだから」

皿洗いを再開させた弥咲は、うん、と頷いて横顔で笑う。その目元に笑い皺が寄っているのを見て、梶と一緒だ、などと思ってしまい俯いた。お店のことで手いっぱいなはずが、ふとした瞬間に梶のことなど思い出してしまう。

弥咲に倣い、黙って皿拭きに戻った。普段の調子を装っているつもりで、こうやって黙りがちになるから一鉄にまで異変に気づかれてしまうのだろう。

「クリスマスが市民権を得てるってわかってたら、お店の中もクリスマスっぽく飾りつけたんだけどなぁ。今からでもやる？　明後日の夜には全部外さないといけないけど」

下手に和子を慰めることなく、弥咲は笑いながら他愛もない話をしてくれる。そのことがありがたい。

（お姉ちゃんがいたらこんな感じかな）

弥咲が手渡してくる大皿を受け取りながら、そんなことを思った。

正午を回る少し前、芳江と弥咲はおにぎりをぎっしり詰めた重箱を持って公民館へ向かった。町内会で行われる忘年会の打ち合わせ、とのことだが、実際は大掃除だのおせち作りだの年末年始の大仕事を控えた主婦が昼食を持ち寄って、男衆を抜きにした一足早い忘年会を行っているのだ。

芳江は夕方近くまで戻ってこないだろうし、弥咲も公民館へ荷物を届けたら綾子の家に行くと言っていた。元太は畑に行ってしまったせいか、家に残っているのは店番中の和子だけだ。

近所の主婦が軒並み公民館へ行ってしまっているし、今日は朝から客が来ない。レジ裏に座ってぼんやりガラス戸の向こうを眺めていると、どんどん空が暗くなってきた。

（……雨が降りそう）

レジ台に肘をつき、和子はゆっくりと目を閉じる。

最後に梶に会ったのも雨降りの日だった。あのときも家の中には和子しかいなくて、随分のんびりとお喋りにつき合ってもらったものだ。

あれからもう二週間以上経つが、梶はこの店にやってこない。だからきっと、別れ際に梶が口にした言葉にはさほど深い意味などなかったのだろう。化粧ができないと落ち込んでいた和子を慰めようとしただけだ。

わかっているのに、水の底から絶えず泡が上ってくるように、ふつふつと梶のことが胸に浮かんでしまう。こんなことだから家族にいらぬ心配をさせてしまうのだと、和子は小さく首を横に振った。

(いっそ私も結婚しちゃおうかな)

つい先日、好条件の縁談が舞い込んだ。その場でお断りしてしまったが、気が変わったらいつでも声をかけてほしいと言われている。さすがに嫁に行ってしまえば、梶のことを思い出す機会も失せるだろう。

本気で実行に移すつもりもないことをぼんやり考えていたら、いよいよ空が暗くなってきた。間を置かず、ガラス戸の表面で水滴が弾けた。降り出したようだ。

家の前の道を通りかかった人も雨に気づいたのか速足になる。そういえば店先に傘を置いたらどうか、なんて考えたこともあったのに、突然やってきた梶が妙なことを言うものだから、すっかり頭から飛んでいた。

結局また梶のことを考えている、と口元に苦笑を浮かべたそのとき、家の前の道を慌ただしい足取りで誰かが通り過ぎた。背の高い男性だ。梶に似ていた気がして目で追ってしまい、もう笑うこともできずに項垂れる。何を見ても梶ばかりだ。

俯いたまま大きく息を吸って、再び顔を上げ――そのまま動けなくなった。

一度家の前を通り過ぎて行った男性が、また戻ってきてこちらを見ていた。その顔は、見間違いでもなんでもない、梶だ。

和子と目が合うと梶は慌てたように方向転換し、店に向かって直進してきた。

「こんにちは！」

外はよほど寒いのだろう。頬や耳、鼻先まで赤くした梶が、白い息を吐きながら声を張る。けれど多分、寒風にさらされ肌を赤らめている梶以上に、自分の顔は真っ赤になっているはずだ。それを悟られたくない一心で、和子は深く顔を俯けた。

膝の上に置いた自分の手ばかり凝視していると、梶が店の戸を閉める音がした。雨音が遠ざかり、店内は柔らかな沈黙で満たされる。

「どうも、お久しぶりです」

声をかけられれば無視をするわけにもいかない。スカートの上からきつく膝を握りしめ、覚悟を決めて顔を上げた。できるだけ自然に、お久しぶりです、と返そう。そう思っていたのに、レジ台から数歩離れたところに立つ梶を見たら声が引っ込んだ。

梶は紺のズボンに、黒いジャンパーを着ている。その下に着ていたのは、以前和子が渡した深緑色のセーターだ。

驚きと嬉しさがどっと胸からなだれ落ちてきて声が出なかった。言葉もなくセーターを凝視していると、視線に気づいたのか梶が自身の胸に手を当てる。

「これ、ありがとうございました。暖かいし、丈もぴったりで重宝してます」

屈託のない笑みを向けられ、和子は慌てて顔を伏せる。梶への恋心を自覚してしまった今、その顔を直視することができない。耳の近くまで心臓が上ってきてしまったのではないかと錯覚するほどに鼓動がうるさく、体の外にまでそれが漏れていないか不安だった。

俯いて動かない和子に、梶は明るい声で言う。

「このセーター、近所でも評判なんですよ。できれば早めにお礼を言いに来たかったんですが、ここのところちょっと立て込んでいまして」

何気ない一言に反応して、うっかり顔を上げてしまいそうになった。もしかして、見合いの件が進んでいるのだろうか。自分には関係のないことだと思うのに、心臓が無理にねじられたような具合になって、息苦しい。

「しばらく来ない間に、また商品が増えましたね。お店の方は順調ですか？」

おかげさまで、と言いかけて、和子は居住まいを正した。

「あの、私がお化粧品を売りたがっていること、周りの人たちに伝えてくれてありがとうございました。おかげでこうしてお化粧品を置けるようになりました」

化粧品の置かれた棚を指さし、和子は深々と頭を下げる。

「わざわざお手間を取らせてしまって、本当にありがとうございます」

「いえいえ、これも仕事の一環ですから」

仕事、と、和子は顔を伏せたまま繰り返した。

「ええ、俺みたいにいろんなお店を行き来していると、ご贔屓にしてもらっているお店から伝言役のようなことを頼まれるんです。『経理のできる事務員さんを探してるから、思い当たる人がいたら声をかけてほしい』とか『新しい商売を始めたいけど経験者に話を聞きたい』とか、普段から方々で喋って回っているので、お気になさらず」

梶にそんなつもりはないのだろうが、和子のために特別動いたわけではない、と釘を刺されたような気分になってすぐに顔を上げられなかった。

上体を起こした後も俯きがちに受け答えをしていたら、急に梶が身を屈めてこちらの顔を覗き込んできた。ぎょっとして体を後ろに反らせると、子供みたいな顔で笑われる。

「どうしたんです、今日は全然こっちを見てくれないじゃないですか」

「べ、別に、どうもしません！」

動揺して声を高くすると、「ようやくいつもの和子さんだ」と笑われた。まるで兄と妹の会話だ。

（……そうね、私なんて最初から、梶さんに妹みたいにしか思われてないんだから）

意識するのも馬鹿らしいのだ。和子は己を奮い立たせ、しゃんと背筋を伸ばした。

「本日はどのようなご用件で？　お買い物ですか？　それともうちにぴったりの面白い商品でも？」

どうせこれまでと同じように、店の様子だけ見て帰ってしまうのだろう。そう予想しながら尋ねてみれば、梶の口元に浮かんでいた笑みが消えた。

梶は片手で口元を覆い、言いにくそうにぼそりと呟く。

「今日は……口紅を一本、いただきたいのですが」

「口紅？　ですか？」

梶は気恥ずかしそうに目を伏せ、はい、と頷く。

男性が化粧品を買いに来るなんて初めてだ。混乱しつつ、和子は立ち上がって化粧品棚の前に立った。すぐに梶もその隣に立って、かつてなく互いの距離が近くなる。

「ど、どんな色をお求めですか？」

忙しなく脈打つ鼓動が喉元まで伝わってしまって、声が上ずった。

梶は真剣な顔で口紅を眺めていたが、ややあってから小さく首を横に振る。

「俺にはよくわからないので、和子さんに選んでもらえますか？　贈り物なんです」

そう言って困ったように笑う梶の目尻には、いつもの笑い皺が浮かんでいた。子供の頃からたくさん笑って、いつの間にか深く刻まれたのだろうそれを見上げ、ああ、と和子は溜息にもならない息をつく。

初めて会ったときもこの笑顔を見て、感じのいい人だな、と思った。あのとき、いつもと違うふうに心臓が跳ねたあのときから、自分はずっと梶に惹かれていたのかもしれない。

今になって気がついたってもう、遅いのに。

梶の顔を見ていられず、化粧品の並ぶ棚に視線を戻した。

冬の午後、外は雨が降りしきり、まだ明かりを灯していない店内は薄暗い。たまに風が吹いて、ざぁっと雨が屋根を叩く音が波音のようだ。そんなものに耳を傾けながら、口紅なんて一体誰に贈るのだろう、と和子は思う。

梶の母親――は、もう亡くなっていると秋保が言っていた。ならば妹という可能性もあるが、嫁いだ妹にこんなものを贈るだろうか。

残る可能性は、見合い相手。

想像したら、胸に錐で穴を開けられるような痛みが走った。皮膚を突き破ったそれはキリキリと旋回しながら骨の隙間へと潜り込み、心臓まで突き破られそうだ。

よりにもよってそんなものを、どうして自分の店で買っていくのだろう。梶に悪気がないのはわかっているし、もしかしたら和子の店の売上に貢献しようという善意なのかもしれないが、それでも辛い。一瞬の大波のような悲しみが胸をさらって息もできない。このままでは梶の前で泣き崩れてしまう。

焦った和子は、とっさに感情をすり替えた。打ち寄せてきた悲しみは一瞬で色を変え、人の気も知らないで、という怒りに似た感情にすり替わる。言ってしまえば八つ当たりなのだが、ぎりぎりのところで落涙を回避して、和子は大きく深呼吸をした。

「贈る相手は、どんな方ですか？」

「どんな？」

「せめて相手の印象くらいはわからないと選びようがありませんから」

和子のつっけんどんな言葉を受け、梶は悩ましげに眉を寄せた。

「……改めて訊かれると難しいですね。個人的な印象でも構いませんか？」

「もちろん」

梶はしばらく言葉を探すように喉の奥で唸っていたが、急かすような和子の視線に耐えかねたのか、口ごもりつつも呟いた。

「綺麗な人、です」

「へえ……」

相槌を打つ声が心ここにあらずで、さすがにしまったと思ったが、梶は和子の反応など気にしてもいない。自分の胸の中から必死で言葉を掴み上げようとしているのか、瞳を揺らしながらとつとつと言葉を紡ぐ。

「それから、何をするにも一生懸命な人です。少し気が強くて、でも、困っている人には優しくて……やると決めたらやり遂げる、強い意志を持ってます。ときどき、俺より男らしいんじゃないかと思うこともあるくらいで……」

それは一体どんな女性なのだろう。むしろ本当に女性なのかと疑いかけてしまったが、続く言葉で詮無い疑念も吹き飛んだ。

「でも、可愛い人なんです」

そう言って、梶は照れくさそうな顔で笑った。

つられたように和子も目を細める。内心はまったく笑えるような心境ではなかったのに、梶があまりにも嬉しそうな顔をしているものだから。

(綺麗で、一生懸命で、可愛くて……。私とはまるで違う人だ)

でも、梶には似合いの人だ。和子は目いっぱい想像を膨らませ、棚に並んだ化粧品の中から一本の口紅を取り出した。

「これなんてどうですか?」

蓋を開けて口紅の底を回す。現れたのは、淡いバラ色の口紅だ。

いつだったか、真夜中に和子がそっと手を伸ばした口紅と同じ色だ。柔らかなピンクに心惹かれ、口元に添えるところまではできたものの、結局唇に差すことはできなかった。

あの夜以来、和子は一度も化粧品に手を伸ばしていない。この先化粧をする機会があったとしても、この色の口紅はきっと選ばないだろう。どんなに憧れても、焦がれても。

梶は和子の持つ口紅をしばし見詰めた後、うん、と満足そうに微笑んだ。

「これにします。この口紅をください」

頷いて、和子は口紅を手にレジ裏に戻った。先に会計を済ませ、棚から包装紙とリボンを取り出す。

「あ、包装はいりません」

レジ台の向こうに立っていた梶に声をかけられ、和子はきょとんとして手を止めた。

「プレゼントなんですよね？」

「ええ、そうなんです。だから——どうぞ」

レジ台の上に置かれていた口紅を取り上げた梶が、それを和子に差し出してくる。

和子は差し向けられた口紅を見て、それから梶を見上げ、にこにこと笑う梶が何を考えているのかわからず首を傾げた。

「……あの？」

「プレゼントです。和子さんに」

「私に」

まるで状況が呑み込めず、梶の言葉を繰り返すことしかできない。なかなか受け取ろうとしない和子に辛抱強く口紅を差し出し続け、梶は頷く。

「前に俺が言ったこと、覚えてますか。化粧をしなくても貴方は綺麗だって」

忘れようにも忘れられなかった言葉を繰り返され、和子は耳まで赤くする。自分で口にしたくせに、梶まで照れたような顔をするので居た堪れない。俯いた和子の前で、梶は気を取り直すように一つ咳払いをした。

「でも、紅を差したらきっともっと綺麗だろうなと、ずっと思ってたんです」

視線を落としたら、口紅を持つ梶の手元に目がいった。指先が震えている。どうやら冗談を言っているわけではないらしい。

和子はもうどこを見ていればいいのかわからず、忙しなく視線をさまよわせた。

「で、でも、さっき、私とは似ても似つかない人にプレゼントするんだって言ってたじゃないですか……！」

気が動転して、なぜか梶を責めるような口調になってしまった。可愛げがないと言われるゆえんだ。自己嫌悪に陥って深く俯けば、頭上から梶の笑い声が降ってきた。

梶は口紅を持っていた手を下ろすと、笑いの残る声で言う。

「全部和子さんのことですよ。何をするにも一生懸命で、やると決めたら最後までやり遂げる人で、最後はこうして、自分の店まで持ってしまうんですから」

喋りながら店の中を見回したのか、梶の声が部屋の隅々に吸い込まれていく。ちらりと視線を上げると、梶は和子に横顔を向け、感慨深そうな顔で店の入り口を見ていた。

「正直言うと、最初は無茶だと思ったんです。なんの知識も、後ろ盾もない若いお嬢さんが、たった一人でお店を始めようなんて」

当然の反応だろうと思う。あのときは梶だってよほど呆れていたに違いないと思えば、今更ながら顔から火が出そうだ。

「でも、少し話をしてみて考えが変わりました。もしかしたらこの人は本当にやり遂げるんじゃないかと。あのとき、和子さんこう言ったじゃないですか。『どうせなら私は、失敗したって言えるくらい全部やりきってから諦めたい』って。俺は一度でもそんなふうに何かに挑んだことがあっただろうかと、胸を衝かれる思いがしました」

勢い任せで口にした言葉を、そんなに御大層に受け止められていたとは思わなかった。返す言葉に迷っていると、梶の唇に楽しげな笑みが戻る。

「それに、喋っている最中に思い出したんです。神社で初めて会ったとき、和子さんは迷わず自分で弥咲さんを運ぼうとしたでしょう。近くに俺がいたのに頼ろうともしなかった。あれほどの気概がある人ならあるいは、と思ったんです」

まさか、と和子は頰を赤らめる。

「気ばかり急いて、自分の力量を見極められていなかっただけです。お店を始めてからも、問屋さんの勢いに呑まれて大量に在庫を抱えてしまったりしましたし」

褒められるようなことばかりではなかった、と項垂れると、梶の優しい笑い声が耳を打った。

「正直に言うと、傍で見ていてはらはらするときもありました。質の悪い問屋から二束三文の商品を摑まされていないか、とか、客に泣き落とされて支払いをチャラにされていないか、とか」

「そういう失敗は、珍しくもないです」

「ですよね。でも俺は、そこで立ち止まらない和子さんを凄いと思います。失敗しながらも前に進んでる。そういう姿を見ると、周りの人間もつい手を貸したくなるんですよ。和子さんは商売をするには優しすぎるところがあるかもしれませんが、その性格のおかげで巡り巡っていろいろなところから手を差し伸べられているでしょう」

梶の言葉が呼び水となって、夏から今日に至るまでの情景が頭を過った。

単身乗り込んできた和子を温かく迎えてくれて、仕入れのイロハを教えてくれた宮本夫妻や、いの一番で編み物教室に参加してくれた環とその友人たち。最初は難色を示しながらも父は店の改築費を全額持ってくれたし、ご近所さんたちは店に並べる商品にあれこれ助言を与えてくれて、足しげく店にも通ってくれる。化粧品を置けるようになったのだって、秋保がルナーレ化粧品を紹介してくれたおかげだ。

巡り巡っていろんな人たちの手を借りた。それに、今目の前にいる梶にだって、一体どれほど世話になったかわからない。

「俺は、客商売はある程度したたかな人でないと成り立たないと思ってました。でも和子さんを見て、こういう商売の仕方もあるんだな、と感心したんです。それから、自分の見立てなんて当てにならないものだと、反省もしました」

梶は斜めに視線を落とすと、束の間言い淀んでから、またゆっくりと口を開いた。

「もう知っているかもしれませんが、俺は問屋と言いつつ、自前の在庫もなければ倉庫も持っていません。トラック一台乗り回して、問屋と小売店の御用聞きのような仕事をしているだけです。でもそれだと格好がつかなくて、貴方の前ではさもまっとうな問屋のようなふりをしてしまいました」

梶の唇に自嘲気味な笑みが浮かぶ。倉庫や在庫など持っていなくても梶は立派に仕事をしていると言いたかったが、それを先読みしたように梶は首を横に振った。

「突然父が亡くなって、まだ高校生だった俺はろくな仕事もできなくて、それでも父の知り合いの紹介でなんとか問屋の御用聞きの仕事にありついたんです。最初は自転車で近場の荷物を運んでいたんですよ。見かねた父の知り合いから中古のトラックを安価に譲ってもらって、なんとか車の免許も手に入れて……。目の前に差し出された仕事に飛びついて、とにかく闇雲に働いてきました」

梶は目を伏せ、レジ台に置いた左手の指を微かに動かした。何か掴もうとしたようにも、どこかに手を移動させようとしたようにも見えたが、結局左手はそこから動かない。

「これが本当に自分のしたかった仕事なのかと訊かれたら、違うと答えます。父が亡くなったとき、あんなに焦って仕事を探さなくてもよかったんじゃないかと後悔もしました。でも、だったらどんな仕事がしたかったんだ、と訊かれても、何も……。いつか東京で働いてみたいという憧れはぼんやり持っていましたが、今更別の仕事を探すのは無理だろうと諦めていたんです。今日を食いつなげれば十分だって」

梶の声は淡々として、その顔にもほとんど表情が浮かんでいない。いつも穏やかに笑っていたのが嘘のように冷え冷えとした目で、一体どんな過去を思い返しているのだろう。かける言葉も思い浮かばず立ち尽くしていると、茫洋と宙を眺めていた梶の目が焦点を取り戻した。現実に立ち返ったように瞬きをして、ゆっくり和子と視線を合わせる。

「でも和子さんを見ていたら、今からでも遅くないんじゃないかと思えるようになりました」

「わ——私、ですか？」

そうです、と頷いた梶の目元に笑みが戻った。

「どうせ無理だと立ち止まっていたらずっとそこから動けませんが、思い切って一歩踏み出してみたら、思いがけない方向に物事は動き出していくんじゃないか、と。貴方と、このお店を見ているうちに、そう思えるようになったんです」

これまでの和子の奮闘は、坂道を転げ落ちるボールのようだった、と梶は笑う。転がって、跳ねて、見る間に速度を上げていくボールを子供たちが夢中で追いかけるように、自分も一緒に駆け出したい気持ちになった。その行く末を見たいと思った。

「和子さんは、自分の口紅が欲しくてこのお店を始めたんですよね？」

長年胸に隠してきた秘密を口にされ、急に喉元が閉まったように息苦しくなった。声も出せずに立ち尽くす和子に、梶が右手に持った口紅を再び差し出してくる。

「これが、貴方が店を始めたきっかけでしょう。せっかく手に入ったのに、未だに口紅を塗っていないようだったので」

どうぞ、と梶が口紅をこちらに向ける。

和子はまるで刃物の先を向けられたような気分で、じり、と一歩後ずさった。

「……私には、似合いません」

言いながら、無意識に俯いていた。自分のような地味で可愛げのない女が化粧なんてしたところで、きっと可愛くも綺麗にもなれない。

しばらく動かずにいると、こちらに向けられていた口紅がゆっくりと下ろされた。

諦めてくれたか。ほっとしたが、心臓の端がちりっと焦げつくような後悔も感じた。もしかしたら、これが正真正銘、最後のチャンスだったのかもしれないのに。

でもう遅い。レジ台の上に口紅が置かれる。

かつん、と無機質な音がして、和子は無自覚に詰めていた息を吐いた。

妙に気の抜けた気分で、梶にお代を返さなければ、とぼんやり考えていた次の瞬間、突然梶がレジ台の裏に足を踏み入れてきた。驚いて動けない和子の手を取って、レジの裏から引っ張り出してしまう。

「和子さん、前に俺が真っ赤なシャツを着てここに来たときのこと、覚えてますか？」

ペイズリー柄の赤いシャツに、顔半分を隠す大きなサングラスをかけて現れた梶の姿を思い出して頷くと、レジの前を横切りながら梶が満面の笑みを浮かべた。

「あの日、家を出るのに凄く躊躇したんですよ。さすがに派手すぎるな、と思って。でもせっかく作ってもらった服ですから、一度も袖を通さないのも悪いでしょう。いっそ全力で道化てやろうって覚悟を決めて、サングラスまでかけて外に出たんです。そうしたら、開き直ったのがよかったのか方々で『似合ってる』って褒められました」

梶はレジ横の、化粧品を並べた棚の前で立ち止まって、やっと和子の手を離す。

「不思議なもので、似合わないかもしれない、とおどおどしながら身に着けると体から浮いて見えてしまうんです。でも堂々と前を向いていれば、奇抜な服も似合って見えるものなんですよ」

実例がここに、と梶は自分の胸に手を当ててみせる。

今日の梶は、黒いジャンパーの下に和子が編んだ深緑のセーターを着ている。これまでの服装も、パリッとした白いシャツや紺色のズボンなど落ち着いた色が多く、本人もそういう色味を好んで着ているのは見て取れた。でも、あの日に見た真っ赤なシャツが意外なほど梶に馴染んでいたのも事実だ。

梶は片腕を伸ばすと、レジ台の上に置き去りにされていた口紅を手に取った。

「必要なのはお化粧の技術じゃありません。前を向く勇気です。俺はそれを貴方に教えてもらいました」

当時のことを思い出したのか、梶は楽しそうに笑って口紅の蓋を開けた。

「鏡、借りますね」

梶が棚に並べていた手鏡を取って和子に差し出してくる。期せずして、それは以前和子が手にしたのと同じ、裏側に椿が彫られた真鍮の鏡だ。

鏡を覗き込むと、青白い顔をした自分の顔が目に飛び込んできた。とっさに目を逸らすと、視線の動きをあらかじめ読んでいたかのように目の前に口紅を差し出される。

「環さんの家で、俺と取引してほしいって言ったとき、和子さん一度も俯かなかったでしょう。凄い勇気だなって思ったんです」

大丈夫ですよ、と梶が笑う。優しい笑顔に背中を押され、和子は恐る恐る口紅を受け取った。

銀色の筒から現れた口紅は淡いバラ色で、唇に添えようとすると手が震えた。それに、道路に面したガラス戸に背を向けて鏡と向き合っていると、どうしても背後が気になってしまう。誰かに見られて、また笑われはしないだろうか。

「この雨だから、誰も店には来ませんよ。外を歩いてる人もいません」

店の外から飛んでくる視線から和子を守るように梶が背後に立ってくれて、波立った心が少しだけ静かになった。まだ誰も使ったことのない、くっきりと尖った口紅の先を見詰め、大きく深呼吸をしてから今度こそ口紅を唇に当てる。

化粧品の甘い匂いが鼻孔をくすぐって、懐かしさに胸の奥がぎゅっと絞られたようになった。子供の頃に憧れた、母の化粧品の匂いだ。

ぎこちない手つきで口紅を塗り、見よう見真似で上唇と下唇をこすり合わせてみた。でも、鏡を見ることができない。やっぱり似合っていないんじゃないか、ひどく滑稽に見えはしないか。子供の頃、綾子や元太に笑われたあの声が耳に蘇る。

「似合ってますよ」

俯いて動けずにいたら、耳元で梶の声がした。

驚いて顔を上げた途端、手鏡に映る自分の顔が目に飛び込んできた。

声を出そうと口を開いたが、バラ色に色づいた唇が動く様に目を奪われて言葉が飛んだ。

化粧っけのない顔に口紅だけ塗ったら浮いてしまうかと思ったが、淡く色づいた口元はちっとも不自然ではない。

鏡に映った自分は、拍子抜けするほど普段と変わらない顔をしていた。でも、唇の色は確かに変わっている。バラ色の唇は、思ったよりも変じゃない。じっと見詰めているうちに、頬にゆっくりと赤みが差す。

ふと視線を転じると、鏡の中に梶の顔が映っていた。和子の肩越しに一緒に鏡を覗いている。目が合うと優しく笑いかけられた。嘲笑ではないそれを見て、あのときとは違うのだ、と思った。

もう誰も、口紅をつけた自分を笑わない。

そんな実感がふっと胸のうちに降りてきて、和子はガチガチに強張っていた肩からゆっくりと力を抜いた。

もう一度鏡の中の自分と視線を合わせる。口紅を塗った自分の姿を見るのがあんなにも怖かったのに、実際目にしてみればなんということもない。長い夢から醒めた気分で、手にしていた手鏡をゆっくりと棚に戻す。口紅に蓋をしたら、自然と長い溜息が漏れた。

背後で梶が身じろぐ気配がして振り返る。そうしてみて初めて、梶が思ったより自分の近くにいることに気がついた。

爪先が触れ合いそうな距離にドキリとした。鏡越しに見たときとは違い、見上げた梶の顔からは笑みが消えている。視線が和子の目から、その唇へと滑り落ちる。

「……口紅が」

こんなに近くにいるのに、梶の声は雨音にかき消されそうなほど小さい。屋根を叩く雨の音と、それを押しのける勢いで脈打つ心臓の音が耳につく。

梶がそろりと手を伸ばしてきて、口元に硬い指先が触れた。口紅がはみ出していたのだろう。そうとわかっても和子は動けない。軽く身を屈めた梶の顔はすぐそこだ。

キスをされるのではないか。そんな予感が胸を過った。まさか、と、もしかしたら、が交互に胸に去来して、限界まで心拍数が上がって耳鳴りがする。

目を伏せた梶の顔から視線を逸らせずにいると、梶が瞼を上げてこちらを見た。至近距離で視線が交わる。和子の口から小さな声が漏れた次の瞬間、梶が我に返ったような顔で身を引いた。

互いの距離が離れ、耳に雨音が戻ってきた。雨はまだ激しく屋根を叩き続けている。

梶は慌てて一歩下がり、手の置きどころに困ったように両手を腰に当てた。

「あの、すみません、俺……」

和子はまだ早鐘を刻む心臓を落ち着かせようと、服の上から胸の辺りを握りしめた。はい、と返した声はほとんど溜息のようだ。雨音ばかりが耳につく。

梶は口元を手で覆い、その下からくぐもった声で言った。

「……俺、東京に行くことになったんです」

和子は洋服の胸の部分を握りしめたまま、素早く一つ瞬きをした。

「そう、なんですか……」

動揺から立ち直れず、そんな素っ気ない言葉しか返せない。

梶は俯けていた顔を上げると、まだ呆然(ぼうぜん)とした顔をする和子を見て、そうなんです、と微かに笑った。

「東京の物流会社に就職することになりまして。ずっと東京で働いてみたいとは思っていたので、思い切って東京にいる父方の親戚に連絡をしてみました」

梶の言葉に耳を傾けているうちに、ゆっくりと東京という地名が頭にしみ込んできた。以前弥咲が住んでいた土地だ。

周りにも東京に働きに出た友人がいるが、彼女たちは滅多に地元へ帰ってこない。日帰りで行き来できる距離なのに、よほど東京は居心地がよくて魅力的なのか。この土地から離れたことのない和子には、ぼんやりと華やかな街を想像するのが精いっぱいだ。

そんな場所に、梶は一人で行こうとしている。

「父が亡くなって以来、東京にいる親戚とは疎遠になって、こちらから連絡しようと思ったこともなかったんです。でも和子さんの姿に背中を押されて、思い切って。そうしたら、知り合いのところで働いてみないかと話を持ちかけられました」

和子さんのおかげです、と梶は笑う。

「長年燻(くすぶ)っていた俺に、動き出せば何か変わるんじゃないかと思わせてくれたんですから」

和子は無言で首を横に振る。自分は何もしていない。動き出したのも、結果を摑んだのも、すべて梶自身だ。そう言いたかったのに、口から出たのはまるで違う言葉だった。

「……東京に行ったら、もうこちらへは戻ってこないんですか？」

年末年始くらいしか地元に帰ってこない友人たちの顔を思い浮かべながら尋ねる。

梶は少し考えるように斜め上を見て、またゆっくりと和子に視線を戻した。

「そのつもりです」

両親ともに他界して、妹もすでに嫁いでいる。梶が頻繁にこちらへ戻ってくる理由などないのは当然だと思うのに、ひどく動揺した。どうして、と口にしてしまいそうになる。

みぞおちより少し上の辺りがじくじくと痛んで、自分が傷ついていることを自覚する。

こんな反応はおかしいと、和子は無理やり口元に笑みを浮かべようとした。

東京に行っても、たまには帰ってきてくださいね。そのときは、ぜひうちのお店を覗いていってください。そんな他愛のない言葉を口にしようとするのだが、息を吸い込むと喉が妙な具合に震えてしまって、上手く声が出せなかった。

せっかく綺麗に口紅を塗ったのに、唇がへの字に曲がってしまう。俯かない方がいいと梶に言われたばかりなのにやっぱり顔を伏せてしまったら、正面から梶の腕が伸びてきた。

急に視界が暗くなって、何が起きたのかすぐにはわからなかった。気がついたときにはもう、和子は梶の腕の中に捕らわれていた。

「できれば、和子さんにも東京についてきてほしいです」

呻くような声で梶が言う。

その腕の中で、和子は硬直して身じろぎもできない。突然抱きしめられたことに驚いて、苦しそうな梶の声にうろたえて、言葉の意味を理解するのが追いつかなかった。

無言で目を見開いていると、梶が静かに和子から体を離した。背中に回された腕もほどかれ、和子は呆然とした表情で梶を見上げる。

驚きすぎて声も出せない和子を見て、梶はほんの少し眉尻を下げて笑った。

「……急に無茶な話ですよね」

梶はそっと和子から身を離すと、店内の商品棚をぐるりと見回した。

「貴方がどれほど苦労してこの店を開いたのか、俺もよく知ってます。ようやくお客さんも増えてきて、念願の化粧品も店先に置けたのに、この店を捨てて一緒についてきてほしい、とは……言えませんから」

最後のセリフは独白めいて、まるで自分に言い聞かせるような響きがあった。

梶は化粧品の並べられた棚をしばらく見詰め、何かを吹っ切るように息を吐く。再び和子に顔を向けたときには、そこには普段と同じ穏やかな笑みが浮かんでいた。

「今日は和子さんにお別れを言いに来たんです。それから、お礼も。和子さんのおかげで、俺も前に進むことができました。ありがとうございます」

梶はどんどん話を進めてしまう。和子はそれを止めることもできない。川を流れていく木の葉を見送るように、ただその場に立ち尽くすばかりだ。

「和子さん」

名前を呼ばれただけなのに、背筋が小さく震えた。声の調子から、もしかしたら梶に名前を呼ばれるのはこれが最後ではないかという予感を覚えたからだ。

待って、と声を上げるより先に梶が口を開いた。

「貴方はここで、頑張って」

その一言で、梶と自分の進む道は明確に分かれたのだと悟った。

自分はここで、梶は東京で。おそらくこうして顔を合わせる機会も最後だろう。あまりにも突然のことに対処しきれず、掠れた声で「はい」と答えることしかできなかった。

梶は和子の顔を覗き込んで一つ瞬きをすると、目を伏せて静かに笑った。

「口紅、本当によく似合ってます」

最後にそう言い残し、それじゃあ、と梶は店を出ていった。外はまだ雨が降っているというのに傘もささず、走る様子もなく道路へ出て、垣根の向こうに消えてしまう。

和子は梶の姿が見えなくなってもなお雨の中に目を凝らし、手の中に残った硬い感触に気づいて視線を落とした。

　無意識に握りしめていたのは梶からもらった口紅だ。掌に収まるそれを見詰めていたら、突然室内に大きな声が響き渡った。

「和子！　追いかけなくていいの⁉」

　店先には自分以外いないと思っていただけに、心臓が破裂したかと思うくらい驚いた。短い悲鳴を上げて振り返れば、自宅に続く上がり框から、髪を濡らした弥咲が店内に転がり込んできたところだ。

「み、弥咲⁉　今日は叔母さんの家に行ったんじゃ……！」

「行ったけど、夕方から天気が荒れそうだから仕事が終わったら帰っていいって綾子さんが書き置き残してくれてったの！　傘持ってなくて濡れちゃったから家の裏から入ってきてみたら……和子、梶さんとこのままお別れしちゃって本当にいいの？」

「え、だって、梶さんを引き留めるわけにもいかないし……」

「ついてきてほしいって言われたのに、一緒に東京に行こうとは思わなかったの？」

　まだ前髪を濡らしたまま、首に手ぬぐいを引っかけた弥咲に詰め寄られ、その勢いに押された和子は後ずさりをした。

「そんな、行くわけないじゃない。梶さんだって本気で言ったわけないし……」

「むしろ冗談であんなこと言うわけないじゃん！　プロポーズだよ、あれは！」

化粧品を並べた棚に背中をぶつけてしまい、背後でこまごまとした商品がぶつかり合う音がした。よろけて、視界がぶれて、和子は忙しない瞬きをする。真剣極まりない顔の弥咲を見て、ようやく弥咲の言っている意味を理解した。

「え……、えっ、い、今の、そういう意味……⁉」

驚きすぎて腰を抜かしそうになった和子を見て、弥咲は両手で頭を掻きむしる。

「もー！　やっぱり！　気づいてないんじゃん、鈍すぎる！　梶さんが不憫！」

「ま、待って待って！　でも梶さん、お見合いしたって言ってたよ！」

弥咲はぐっと眉間を狭め、「それなんだけど」と声を低くした。

「本当に梶さんお見合いしたの？　鉄工所の娘と結婚するのに、東京の物流会社に就職するっておかしくない？」

一体いつから弥咲は和子たちの会話を盗み聞きしていたのだろう。そんな疑問を和子に抱かせる暇を与えず、弥咲は矢継ぎ早に言う。

「梶さん本人がお見合いしたって言ったわけじゃなくて、そういう噂を聞いただけでしょ？　もしかしたら破談になったかもしれないじゃん。さっきの感じだとその可能性の方が高いよ」

「そ、そうなのかな……」

「そうだよ！　それを踏まえた上でもう一度ちゃんと梶さんと話をした方がいいんじゃな

いの？」

弥咲は和子の腕を引き、そのまま店の外へ押し出してしまいそうな勢いだ。

踵を踏ん張ってなんとかその場に留まった和子は、逆に弥咲の腕を引っ張り返す。

「でも、弥咲はずっと『梶さんに近づくな』って言ってたじゃない……！　お店に来てくれた梶さんのことも追い返すような真似してたし！」

思わぬ反撃だったのか、弥咲はぐっと言葉を詰まらせて和子の腕を離した。うろうろと店内を歩き回りながら「そうだけど……！」と苦しげな声で呟く。

「だって和子には商才があると思ったから、結婚して、家に収まって、せっかく叶えた夢を手放すぐらいだったら誰ともくっつかない方がいいと思ったんだよ……！」

自分でも上手く気持ちが整理できていないのか、弥咲は店の中を行ったり来たりしながら低く唸っている。右へ左へ移動するその姿を目で追っていると、ふいにぴたりと弥咲の足が止まった。化粧品を並べた棚の前で立ち止まり、動かなくなる。

和子に背中を向けた格好で、弥咲はしばらく何も言わなかった。身じろぎもせず、化粧品を凝視しているようだ。

雨音だけが響く店内で、ややあってからようやく弥咲が口を開いた。

「和子がお店を開こうと思った理由って、口紅をつけてみたかったからでしょう？」

振り返り、弥咲は和子の唇を見てきっぱりとした口調で言った。

「その夢ならもう、叶ってる」

「別に、口紅が欲しいって理由だけでお店を開こうとしたわけじゃ……」

「だけど一番強い動機はそれだよね。でも店先に化粧品を置いただけじゃ、和子の願いは達成できなかった。梶さんが背中を押してくれて、やっと……」

弥咲の声が尻すぼみになる。喋りながらも何か考え続けているようだ。弥咲が悩むことではないだろうに。そもそも梶がプロポーズなんて、何かの間違いではないのか。そんな言葉を口にしようとしたところで、弥咲が弾かれたように顔を上げた。

「やっぱり、追いかけたほうがいいと思う！」

「えっ、で、でも、そんな……」

私なんて、と言おうとしたら、弥咲に勢いよく肩を摑まれた。

「和子、今どんな理由で迷ってる？ 結婚したらお店を辞めなくちゃいけないから、それが嫌で二の足を踏んでるの？ それとも、自分に自信がないから追いかけられない？」

どっち、と問われて初めて気がついた。

お店をやってみたい、という当初の願いは、すでに叶った。商品棚に化粧品を並べることもできたし、ずっと憧れていたバラ色の口紅を塗ることもできた。

口紅をつけた自分を見て、似合っている、と梶が笑ってくれた瞬間、長年自分を縛っていた呪いじみた感情も解けたのだ。

望みはすべて叶ってしまった。

店に対する未練は、自分の中のどこを探しても、すでにない。

「お店なんて最悪どこでもできるけど、意地っ張りな和子を上手にフォローしてくれる人なんてそうそういないじゃん！　本当に追いかけなくていいの？　和子はどうしたいの！」

焦れたような顔で弥咲が叫ぶ。

ああ、と唇から掠れた声が漏れた。結婚なんてしない、自分は一生ここでお店をやっていくと一鉄と約束したのに。

「お父さん、ごめん……！」

知らず、謝罪の言葉が漏れていた。身を翻し、雨にも構わず店を飛び出す。

遅れて弥咲も外に出て「和子、傘！」と叫ぶ。

「梶さんがどこにいるのかわかってんの⁉」

「わかってる！　多分、神社！」

以前、神社の近くに車を止めてこの辺りを回っていると言っていた。今日もそうなのかはわからなかったが、梶を追いかけようとする足を止められなかった。

いつの間にこんなに雨脚が強まっていたのか、外に出てほんの少し走っただけで顎先から水が滴る。空の色も真っ暗で、遠くでゴロゴロと雷の音までしていた。

神社に向かって走り続けていると、上空でカメラのフラッシュを焚いたような閃光が走った。少し間を置いてから、低い雷鳴が響き渡る。

初めて梶と会った日もこんな雷雨だった。神社に雷が落ちて、境内に駆け込んでみたら弥咲が倒れていて、すぐに追いかけてきた梶は神社の入り口に車を止めた。まるであの日の再現だ。違うのは、今回は和子が梶を追いかけているということか。

雨の中、全力で走って神社の前までやってきた和子は、水たまりを跳ね上げて立ち止まる。神社の前を見回してみるが、梶の白いトラックは見当たらない。

てっきりここに車を止めていると思ったのに、見当違いだったか。途端に水を含んだ服が重さを増して、和子はよろけるように境内の入り口に建つ鳥居に手をついた。俯いて肩で息をしていると、また稲光が走って雷が鳴る。先程より光と音の間隔が短くなった。だんだん雷雲が近づいてきたようだ。

(梶さん、いつ東京に行くんだろう……)

もう会えないのかと思ったら、目の端に涙が滲んだ。とっさに手の甲で拭ったが、この雨では意味のない行為だ。自分で自分を笑うだけの余力もなく鳥居から離れようとして、家とは反対方向に続く道路に目が留まった。最近舗装されたばかりの道は、まっすぐに伸びる大きな道と、左に曲がる道の二股に分かれている。

もしかしたら、とほんのわずかな期待に縋り、和子は鳥居の前を通り過ぎ、左手に伸びる道を覗き込んでみた。

神社の敷地に沿うように伸びた細い道は舗装もされておらず、境内に生えた木々が影を作って薄暗い。その淋しい道にぽつんと一台、こちらに荷台を向ける形で白いトラックが停車していた。

気がついたときにはもう走り出していた。ぬかるんだ泥道を蹴って、前髪からも服の裾からも水を滴らせ、水から上がったばかりのような格好で運転席へと駆け寄った。

車の中に誰かいる。梶だ。運転席は和子の視線より高いところにあるのでよく見えないが、ハンドルに両腕を載せ、その上に顔を伏せて項垂れている。

和子は迷わず運転席のドアを叩く。濡れた車体で手が滑り、小さな音は土砂降りの雨音でかき消された。それでもめげずに二度、三度とドアを叩くと、ようやく梶が顔を上げた。窓の外を見遣り、和子の姿を見つけてぎょっと目を見開く。

「か……和子さん⁉」

慌てたように運転席のドアを開けた梶を見上げ、和子は前置きもなしに叫んだ。

「お見合いはどうなったんですか！」

「えっ、な、なんの話ですか⁉」

上空で稲光が走った。地面を穿（うが）つ雨音と雷のせいで、互いに声が大きくなる。

和子は全身から雨を滴らせ、懸命に声を張り上げた。

「梶さんがお見合いしたって聞きました！」

「え……し、してませんよ、そんな！」

「鉄工所のお嬢さんのところに、婿入りするって秋保さんが……！」

運転席にいる梶を見上げると、顔に勢いよく雨が降りかかって溺れそうになった。梶の顔がよく見えない。代わりに、困惑しきった声が耳を打つ。

「鉄工所なら、この前社長さんに知り合いの息子さんを紹介しましたけど……。紋紙屋の次男坊で、働き者だから気に入られて婿入りするって話でしたが、そのことですか？」

目を瞬かせる和子に向かって、梶は慌てたように言い添える。

「さっき言ったじゃないですか。俺、普段からいろんなところから頼み事をされるんです。経理のできる事務員がいないか周囲に声をかけてほしい、とか、子供の見合い相手を探してほしい、とか」

「じゃあ、梶さんのお見合いは……」

「してませんよ、そんな話もありません。それより和子さん、びしょ濡れじゃないですか！」

梶が慌てた様子で運転席から飛び降りてくる。肩に梶の手が触れて、濡れた服の向こうから温かな体温が伝わってきた。

この人はまだここにいる。今ならば手が届く。この機会を逃せば次はないと思ったら、全身に震えが走った。

いつだって、覚悟が決まるのは一瞬だ。

「連れていってください！　私も東京に！」

和子を車に上げようとしていた梶の動きが止まる。見れば梶も全身ずぶ濡れだ。和子の店から戻ってくる道中で随分降られたのだろう。お互い濡れていない部分を探す方が難しいような有様で、互いの顔を見て雨の中で立ち尽くす。

「……でも、和子さんにはお店が」

「構いません」

戸惑ったような梶の言葉を遮って、和子は体の脇で両手を握りしめた。

「私の夢はもう叶ったんです。お店を持って、化粧品を並べて……口紅だって」

店先に口紅を並べただけでは駄目だった。自分なんて、と尻込みする背に手を添えられ、大丈夫、似合いますよと言ってもらえて、ようやく呪いは解けたのだ。

「最後は貴方が叶えてくれたんです！」

目標を定め、がむしゃらに突き進んだ。その途中で、自分が本当に欲していたものに気がついた。

お店なんて最悪どこでだってできる。でも梶はここにしかいない。臆病なくせに強がって、いつだって二の足ばかり踏んでいる自分の背中を、大丈夫、と優しく押してくれるのはこの人だけだ。

連れてって、と雨に溺れるように口にしたら、大きな波に呑まれるように梶の胸に抱き込まれた。

真上から叩きつけるような激しい雨音が遠ざかる。大きな木の下に避難したかのようだ。安心しきって息をついたところでひと際大きな雷鳴が辺りに響き、驚いて顔を上げると梶と目が合った。雷光が梶の顔を照らし、あ、と思ったときには互いの唇が重なり合っていた。

ガラスを地面に叩きつけるような雷鳴も、そのときばかりは気にならなかった。

再び雷が鳴り、ようやく唇が離れても、至近距離で絡まった視線はそのままだ。

睫毛の先から雨粒を滴らせ、梶がほんの少しだけ目を細める。

「……すみません、急に……」

「いえ、その……わ、私こそ……」

身じろぎしても、和子を抱きしめる梶の腕は緩まない。どこを見ていればいいのかわからず視線を漂わせていると、梶の口元に目がいった。その唇が、うっすらとバラ色に染まっている。和子のつけた口紅が移ってしまったらしい。

（こんなに簡単に、色が移ってしまうものなんだ……）

知らなかった。それに、直前まで梶と何をしていたのか見せつけられたようで恥ずかしい。目のやり場に困って俯くと、雨音に交じって微かに人の声が聞こえた。その声が、和子、と自分を呼んでいることに気づいて顔を上げる。梶も気がついたようで、ようやく背中に回された腕が緩んだ。

「この声、もしかして……弥咲さんですか？」

「多分、そうだと思います」

若干の照れくささを残しつつ、二人してトラックを離れて声のした方へ向かった。どうせすっかりずぶ濡れなので急ぐこともなく神社の中を覗き込むと、拝殿の前に傘をさした弥咲の姿があった。

「弥咲！」と声をかけると、境内をうろうろしていた弥咲がこちらを向いた。片手に畳んだ傘を持っているところを見ると、和子の傘を持ってきてくれたらしい。鳥居の向こうに立つ和子たちに気づき、大きく手を振りながらこちらへやってくる。

「よかった、神社に行くって言ってたのにいないから捜しちゃったよ！　もう二人ともずぶ濡れじゃん！　一本しかないけど傘を——……」

弥咲の足元で水が跳ねる。

次の瞬間、空が真っ白な光に包まれた。

参道を走る弥咲の姿が浮き上がり、輪郭だけ残してその内側の色がすべて飛んだ。閃光は目に痛いほど強烈で、感光板のように目の奥に弥咲の姿が焼きつけられる。

参道に大きく踏み出された足、頭上で振られる手、ほっとしたような弥咲の笑顔。

おぼろな輪郭さえ圧倒的な光に呑まれたと思った次の瞬間、大地を揺るがすほどの轟音が耳を貫いて悲鳴を上げた。音というより、大きくて重い空気の塊をぶつけられたような衝撃で、梶もとっさのように和子を抱き寄せる。

梶の腕の中で固く目をつぶり、しばらく動くことすらできなかった。

我に返ったのは、和子を抱く梶の腕に力がこもったときだ。尋常でない腕の力に何事かと視線を上げると、梶が参道の奥をじっと見ていた。その横顔にただならぬ雰囲気を感じ取り、和子も同じ方角に目を向ける。

拝殿の前の参道に、二本の傘が落ちていた。一本は直前まで弥咲がさしていたもので、もう一本は、和子のために持ってきたのだろう畳まれたままの傘だ。

それなのに、傘を持っていたはずの弥咲がいない。

「……弥咲?」

雷の勢いに雨雲が蹴散らされたかのように、急速に雨が弱まっていく。

もう一度弥咲の名前を呼んでみた。梶も一緒に呼んでくれたが、やはり弥咲からの返答はない。何度もその名を呼びながら、梶と一緒になって境内の中をさんざん捜し回った。

いつの間にか雨はやみ、神社の中を冷たい風が吹き抜けた。広げられたままの傘が参道を転がり、境内の奥へと消えていく。

その日を境に、弥咲は消えた。

神隠しのように忽然と。現れたときと同じく唐突に。

弥咲が行方をくらませた後、駐在に改めて弥咲という人物について尋ねられたときは、ひどく言葉に迷ってしまった。

世間知らずで、耳慣れない方言を多用し、和子の家に来る前はどこでどう過ごしていたのかもよくわからない女性。近所の目をひどく気にするくせに、元太の横暴は澄まし顔でやり過ごし、わけ知り顔で芳江の愚痴につき合っていたりもした。不思議と綾子に気に入られ、和子の店の状況に一喜一憂して、暇があれば子供みたいにわくわくした顔で刺繍をしていた。浮世離れしたその言動から、遠い山奥か海の向こうか、ここではないどこかから来たのでは、と思わせる不思議な人物。

残ったのは、そんな鮮烈な記憶だけだった。

和子の家に転がり込んだ当初、弥咲は薪で風呂を焚くのが苦手だった。なかなか火がつかないし、煙に巻かれるし、夏なんて最悪だ。日が暮れてもなお蒸し暑い外気と、かまどの奥から迫る炎の熱で汗が止まらない。そうやって全身を汗みずくにしても、すぐには風呂に入れない。一番風呂は元太のものだ。

でも、めらめらと燃える炎を眺めているのは楽しかった。弥咲の住むアパートはＩＨコンロなので、火を見る機会も滅多にない。

一瞬も同じ姿を留めることなく、踊るように燃える炎を見ていると時間が過ぎるのを忘れた。火の中に過去の情景が蘇り、脳裏に様々な想いが去来する。

暇さえあればスマートフォンを弄ってＳＮＳや動画を眺め、のべつ幕なしに情報を浴び続ける。そんな日常から離れ、あんなにもじっくりと『何もしないで考える』ことをしたのは、どれくらいぶりだったろう。

十二月に入ると外は凍えるほど寒く、かじかむ指先をかまどに近づけて火を眺めた。

体の末端で凍りついていた血液が溶けて全身を巡るようだ。温かい――いや、むしろ熱い。肌がじりじりと焼かれる。熱いのを通り越して皮膚が痛い。燻製になった気分だ。

体から水分が抜ける。こんなのもう死んでしまう――そう思ったときだった。

「……もし、どうしました」

低くしゃがれた男性の声が耳を打ち、勢い両目を見開いた。元太の声だ、炎を見ながらうたた寝でもしてしまったか。風呂の支度が遅いと怒鳴られる。すぐさま起き上がろうとしたが、瞼を上げた瞬間眩しい光に目を貫かれ、呻き声しか出なかった。

「ああ、大丈夫ですか。よかった、意識はあるようで」

そこでようやく違和感に気づいた。話しかけてくる男性の口調が、元太にしては丁寧だ。

何度も目を瞬かせ、白っぽくかすんでいた視界にようやく色が戻ってくる。

そこは神社の境内だった。弥咲は拝殿の軒下にある石段に腰掛け、回廊を囲む柵に上半身を凭せかけるようにして座っている。その前に立ち、身を屈めてこちらを見ているのはいがぐり頭の老人だ。元太と同年代だろう。こざっぱりとした青い作業着を着て、弥咲と目が合うとほっとしたように笑った。

「眠ってたんですね。倒れているのかと思ってびっくりしました。雨宿りでもしてたんですか？　急な雨でしたものねぇ」

のんびりした声に耳を傾け、緩慢に周囲を見回す。

神社だ。そうだ、自分は和子と梶を追いかけて、傘を持って神社へ向かったのだ。でも二人の姿が見当たらなくて、境内をうろうろしていたら和子の声がして。それから。

「雷……」

ぼんやり呟くと、作業着姿の男性が屈めていた腰を伸ばして空を仰いだ。

「本当に、凄い雷でしたね。もうすっかり晴れましたが、一雨降ってもちっとも涼しくなりません。今年の夏も暑いなぁ」

つられて弥咲も空を見遣り、十二月とは思えないその青さに驚いた。同時に顎から汗が滴って、ようやく全身を包む熱気に気づく。それに、境内に響くこの音はセミの声だ。

蒸れた土の匂いが辺りに充満している。夏の気配だ。今朝は和子とクリスマスケーキの話などしていたはずなのに。

混乱して声も出せない弥咲の様子を案じたのか、男性がポケットから何か取り出した。

「大丈夫ですか？　やっぱり救急車とか呼んでおきます？」

弥咲は男性の手元に目をやって息を吞む。皺の刻まれたその手にあったのは、見慣れているはずなのにやけに懐かしく感じる、スマートフォンだった。

「ス……ッ、スマホ！」

昭和の世界では一度も電源が入らず、和子からは黒いかまぼこ板と言ってからかわれた、あのスマートフォンだ。

まじまじとそれを凝視していると、男性におかしそうに笑われた。

「そんな珍しいものを見るような顔をしなくても。お嬢さんだってご自分のスマホをお持ちでしょう？」

言われて自分の体を見下ろしてみる。今朝は和子からもらった古いワンピースに袖を通したはずだが、いつの間にか白いワイドパンツと黒いシャツに服が変わっていた。

まさか、と思いながら、震える指でパンツのポケットを探ってみる。そこには、もう長いこと和子の家の押し入れにしまいっぱなしにしていたはずのスマートフォンが入っていた。震える指でボタンを押せば、問題もなく電源が入る。

「……八月、二十一日」

十二月ではない。八月だ。

そして、スマートフォンが存在して、きちんと使える時代。

——ここは令和だ。

目の前の事実がすぐには受け入れられずに呆然としていると、作業着姿の男性に「救急車呼びます？」と心配顔で尋ねられた。慌てて首を横に振って立ち上がる。

「あの、ここ……東京ですよね」

見回した境内は狭く、和子の家の近くにあった神社とは別の場所だ。

「もちろん。おや、旅行中でしたか？」

「いえ、旅行というか、さっきまで山梨にいたので……」

「ああ、だからここにお参りに来たんですか」

男性は納得顔で頷いて、傍らに置いていた掃除道具を手に取った。清掃会社の人間らしく、境内の掃除をしに来たものらしい。この神社にも詳しいのか、拝殿を見上げて目を細めた。

「ここはねぇ、浅間(せんげん)信仰なんですよ」

「浅間……？」

「富士(ふじ)信仰って言った方がわかりやすいですかね」

ああ、と弥咲は掠れた声を上げ、男性と一緒に拝殿を見上げた。

神社の周りには雑居ビルやアパートが林立していて、遠くを眺めるには見通しが悪い。でも、和子の家の近くの街並みはもっと見晴らしがよかった。背の高い建物はほとんどなくて、代わりに空を縁取るのは遠い緑の稜線(りょうせん)で。

山梨という土地柄のせいもあっただろう。あの場所ではびっくりするほど富士山が大きく見えたことを思い出して、弥咲は溜息にもならない息を吐いた。

親切にも声をかけてくれた清掃員の男性と別れ、ふらつく足取りで家に帰った。

しかしやっぱり、令和の夏は過酷だ。吸い込んだ熱風が喉に張りつくようで何度かむせた。暑さのせいばかりではなく、空気自体が悪かったのかもしれない。道路はひっきりなしに車が走っていくし、人も多い。駅前の通りはあまりの混雑に、何か催しでもあるのかと思ったほどだ。

しかし一番の違和感は、これほどたくさんの人がいるのに、その中に誰一人見知った顔を見かけないことだった。

和子の家にいたときは、外を歩けばすぐ顔見知りに遭遇した。それどころか、すれ違う人はほとんどが知り合いだった。

知らない人ばかりだ、という事実に若干の不安を覚え、令和ではそれが当たり前だったはずだと思い直した。昭和にタイムスリップした当初は、むしろ町内全員が顔見知りという状況や、無遠慮に詮索する視線を向ける人たちにこそ怯えていたはずなのに。

ただ外を歩くだけなのに疲れ果て、ようやく遠くに自宅のアパートが見えてきたときは懐かしさと安堵で本当に泣きそうになった。

よろよろとアパートに向かって歩いていると、道の向こうから見覚えのある顔が近づいてきた。確か、弥咲の部屋の隣に住んでいる男性だ。

「こんにちは」

目が合った瞬間、反射的にそう挨拶していた。しかし隣人はぎょっとしたような顔をして返事をしない。妙にぎこちない仕草で一応会釈は返してくれたが、無言のまま弥咲の傍らを通り過ぎていってしまった。

その後ろ姿を見送って、ようやく弥咲は頭だけでなく全身で理解した。自分は本当に、令和に戻ってきたのだと。

(……そうだよな。廊下ですれ違うときならともかく、アパートの外でまで住人に声かけたことなんて今までなかったっけ。何がきっかけでトラブルになるかわからないし)

和子の家にいたときは、すれ違う人とは気楽に挨拶をするのが普通だった。むしろ挨拶をしないと妙な目で見られるので、弥咲もすっかり挨拶が癖になっていた。

時代のギャップに疲弊しきってアパートの部屋に入る。体感では四か月ぶりに帰る我が家だ。

靴を脱ぎ、ふらふらとベッドに倒れ込んだ。懐かしい感触と、嗅ぎ慣れた布団の匂い。自分の部屋だ。借り物ではない。

(——……帰ってきた)

全身の関節が緩んでしまって、しばらく起き上がれなかった。和子の家で何か月も暮らし、隣近所の人たちとも話ができるようになって、自分はなんとかあの時代に慣れたつもりでいたけれど、やっぱり随分と気を張っていたのだな、と今になって思い知る。

しばらくそうしてじっとしてから、弥咲はのろのろと起き上がってスマートフォンを取り出した。

（和子たちはどうなったんだろう）

自分がこうして令和に存在しているということは、和子と梶はあのまま結婚して、弥咲の母も無事に誕生したということだ。それでもあの二人がその後どうなったのか詳細が知りたくて、弥咲は京都にいる母親に電話をかけた。

『――はい、もしもし。弥咲？　どうしたの、今朝も電話したのに珍しい』

今朝、と間の抜けた声で繰り返し、昭和にタイムスリップした日の朝に母と電話をしていたことをぼんやりと思い出した。懐かしい母の声に感慨に浸っていたが、『何かあった？』とあっけらかんと問われて我に返る。母の方は、数時間前に聞いた弥咲の声など珍しくもなんともないらしい。

「あの、お祖母ちゃんのことなんだけど。お店出してたっていう……」

『ああ、和子お祖母ちゃん？　まさか弥咲もお店やる気になった？』

「じゃないけど、その……お祖母ちゃんとお祖父ちゃんって、どんな夫婦だったのかなって思って。仲良かった？」

『そうねぇ、よかった方だと思うけど？』

「だったらお祖母ちゃんは、結婚したこと後悔とかしてなかったのかな？　お店辞めたことも、失敗したとか言ってなかった？」

電話の向こうで母が沈黙する。顔は見えないが、きっと面食らったような表情をしているのだろう。どうしたの急に、と怪訝そうな声で問われ、ベッドの上に座り直した。

「いや、せっかくのお店を捨てて、未練とかなかったのかなって思って」

『どうかしらね。私も山梨のお祖母ちゃんの家に行ったときにちらっと聞いたことがあるだけだし』

「お母さん、山梨の家に行ったことあるの？」

『そりゃあるわよ。お祖母ちゃんのお店は実家の玄関脇にあったの。そのときにちょっと話を聞いたのよ。和子お祖母ちゃんが若い頃に始めたお店だって』

「お母さん、お店見たんだ」

『そうよ。弥咲が生まれる前にあの家ごと取り壊しちゃったから、貴方は見てないでしょうけど』

見たよ、とは言えず、小さく笑い返す。

「お祖母ちゃんが東京に行った後も、お店の外観は残ってたんだね。あ、お祖母ちゃんのお兄さんが使ってたのかな？」

和子の兄が宝石の修業から帰ってきたら店舗として使ってもいい、なんて話も出ていたのを思い出して尋ねると『違うわよ』と母が笑った。

『和子お祖母ちゃんが東京に行った後も、お店は続けてたみたいよ。弥咲の曾(ひい)お祖母ちゃんが店番してたって』

「えっ、芳江さんが？」

　思わず呼び慣れた名を口走ると、電話の向こうで母が声を詰まらせた。

『曾お祖母ちゃんの名前なんてよく覚えてるわね……？　弥咲が生まれる前に亡くなったから、面識もないはずなのに』

「あ、う、うん、たまたまね。それより、お店のこと詳しく聞かせてよ」

『ええ？　私も子供だったからよく覚えてないけど、なんか雑貨屋さんみたいな感じだったかな。洗剤とか、文房具とか、日用雑貨を置いてたわね。あと、お化粧品も。お店っていうより寄り合いみたいな感じ？　よく近所のおばあちゃんたちが集まって店先でお喋りしてたっけ』

　へえ、と弥咲は小さな声を上げる。まさか芳江があの店を引き継ぐとは思っていなかった。家のことで忙しく、そんなことにまで手が回りそうにも見えなかったが。

「元太……じゃなくって、曾々お祖父ちゃんは？　お店のことどう思ってたの？」

『それは私も会ったことない。私が生まれる前に亡くなったらしいから』

　ということは、元太は和子が結婚して間もなく他界したということか。あんなに元気そうだったのに、わからないものだ。

(でも、そうじゃなかったら芳江さんがお店を引き継ぐことなんてなかったかもな。気難しい爺さんから解放されて、やっと自分の人生をスタートさせられたのかも)

一鉄は元太に頭が上がらない人物ではあったが、妻や娘を理不尽に怒鳴りつけたりするような男ではなかった。元太を見送った後は、夫婦二人で案外仲良く過ごしていたのかもしれない。

母曰く、芳江は一鉄を看取った後、自身が亡くなる直前まで店番をしていたという。あの店が、芳江の生きがいの一つとなっていたならいいな、と思う。

「あ、そうだ。そっちにさ、お祖母ちゃんとお祖父ちゃんの写真とかない？　もしあったらメールで送ってほしいんだけど」

『え？　なんで急にそんな……。まあ、いいわよ。探してみる』

母との通話を終え、しばらくするとメールが届いた。古いアルバムを引っ張り出し、そのうちの一枚をカメラで撮った画像を添付してくれたようだ。

弥咲は緊張した面持ちでメール画面を開く。

弥咲の感覚ではほんの数時間前に紆余曲折を経て結ばれたばかりの二人だ。最後の最後で和子の背中を押したのは自分だという自覚があるだけに、メールを開く指先が震えた。

自分の行動は正しかったのだろうか。

東京に来てから、和子は後悔しなかっただろうか。

ごくりと唾を飲んでから、添付された画像を開いた。

スマートフォンの画面に、色褪せた写真が映し出される。そこに映っていたのは、生まれて間もない赤ん坊を抱いた女性と、同じ年頃の男性の姿だ。

四十代後半といったところだろうか。最後に見たときから二十年以上が過ぎているはずだが、二人とも確かに面影があった。和子は白髪の交じり始めた髪を三つ編みにして、カメラのレンズなんて見向きもせず赤ん坊を見詰めている。その隣では、梶が一緒に赤ん坊を眺めて笑っていた。年をとっても笑うと目尻に深い皺が寄るのは相変わらずのようだ。

写真に添えられたメールによると、和子の腕に抱かれている赤ん坊は弥咲だそうだ。

弥咲は身じろぎもせず写真を見詰める。

写真の中で、二人は肩を寄せ合って弥咲を見ている。梶の手は和子の肩に乗せられて、見ているこっちが恥ずかしくなるくらいに仲睦まじい雰囲気が伝わってきた。

だが何よりも弥咲の目を引いたのは、和子の顔だ。

柔和な笑みを浮かべたその唇には、バラ色の口紅が塗られていた。

弥咲はスマートフォンの画面越しに、そっと写真を撫でてみる。

東京に来て、和子は後悔しなかっただろうか。店を辞めたことを悔やむことはなかったのか。今となってはわからない。和子も梶も亡くなって久しい。

でも、弥咲には写真に残った二人の姿が幸せそうに見える。バラ色の口紅を塗った和子は綺麗だ。それだけでも十分、和子の背中を押してよかったと思えた。

飽きるまで二人の写真を眺めてから、弥咲はスマートフォンを伏せて窓辺に寄りかかった。そろそろ夕暮れの時刻だが、夏の日はまだ長い。

アパートの下を歩く顔も名前も知らない人たちをぼんやり眺め、帰ってきたんだ、ともう何度目になるかわからない言葉を口の中で転がした。

同じ町内に住む人どころか、アパートの住人とすらほとんど交流がない令和の時代、人々は総じて他人に対して無関心だ。

（ここでは、私のやることを監視したり、止めたりする人たちはいない）

それは令和という時代のおかげかもしれないし、東京という土地のおかげかもしれない。和子たちと暮らしていたときに感じたあの連帯感と閉塞感は、未だに日本の片隅に色濃く残っているものかもしれないのだから。

世界が一変したように見えても、ここは間違いなくあの時代から地続きの世界だ。家電が増えて、手仕事が減って、隣近所から不躾（ぶしつけ）な視線が飛んでこなくなった代わりに、景気は低迷し、物が売れなくなって、SNSで個人情報が流出するようになった。令和には令和の生きにくさがあって、先が見えないのは今も昔も変わらない。

（それでも和子は、自分のやりたいことを諦めなかった）

インターネットが普及して、スーパーコンピューターが飛躍的に進歩して、圧倒的な情報が簡単に手に入るようになった現代だって、やっぱり未来のことはわからない。どんなに詳細に雨の降る原理が解明されたって、来年の今日の天気は不明なままだ。

どれほど生活様式が変わっても、最初の一歩を踏み出すのは怖いし、不安だ。

でも、勇敢と無謀が紙一重だった和子のように動き出すことができたら、何か変わるのかもしれない。

窓の外から室内へと視線を転じると、部屋の中央に置かれたローテーブルに、古い裁縫箱が置きっぱなしにされていた。近づいて蓋を開け、色褪せた刺繍糸を手に取って滑らかな感触を確かめた。久しぶりに触れるはずなのにそんな気がしないのは、和子と過ごす日々の合間に、暇さえあれば刺繍をしていたからか。

スマートフォンもなければインターネットもなく、テレビもろくにつけられなかったあの生活の中で、たまの息抜きといえば刺繍くらいのものだった。他にやることもなかったせいか脇目もふらず作業に没頭できて、学生の頃はこんなふうに手芸に熱中していたのだったか、と思い出すきっかけにもなった。

趣味で作った刺繍のブローチを、和子は店先に並べてくれた。おかげで弥咲は連日ドキドキしながら店番をすることになった。

自分の作ったものを誰かに見られる緊張感と、手に取ってもらったときの高揚感。

あの気持ちを、この先も忘れられるとは思えない。

(だからって和子みたいに、いきなり店を開こうとかは思わないけど……)

刺繍は好きだ。でも、性急にそれを生業(なりわい)にしようなんて思わなくてもいい。まずは和子の店にブローチを並べていたときのように、誰かの掌に自分の作品を受け止めてもらうことを目標に動き出してみるのもいいかもしれない。

こういう時代だ。実店舗がなくてもインターネット上の売り買いならすぐにでもできる。オリジナルのハンドメイド作品を展示販売できるイベントだってたくさんある。やれることは多い。探すこともできる。

あとは動くか動かないかを自分が決めるだけだ。

真夏の入道雲のように、腹の底からむくむくとやる気が湧いてきて、弥咲は早速身支度を整えアパートを出た。気まぐれなやる気がしぼむ前に手芸用品店に急ごうとアパートの通路を歩いていたら、誰かが外階段を上がって二階にやってきた。先程弥咲が挨拶をしても返事をしてくれなかった隣の部屋の男性だ。

(いや、まあ、昭和の感覚で気楽に声をかけた私が悪かったよな……)

多少の気まずさを感じつつ、通路の端に寄って会釈だけしてやり過ごそうとしたら、意外にも男性の方から「あの」と声をかけてきた。

「お隣の人、ですよね……?」

「あ、はい。原田と申します」

「俺は、杉江(すぎえ)です。初めまして」

杉江と名乗った男性の顔には、少し初々しさが残っている。まだ大学生かもしれない。

「あの、俺、今年の春にここに引っ越してきて……ご挨拶が遅れてすみません」

「いえいえ、そんな。お気になさらず」

「本当は、引っ越しの挨拶とか行こうかと思ってたんですけど、こういう時代なので変にインターフォンを押すと怖がられるかと思って……」

緊張した面持ちで弥咲を呼び止めた杉江を見て、ああ、そうだな、と弥咲は思う。

ここは令和だ。誰だって外出するときは家に鍵をかけるし、急な来客に居留守を決め込み、隣人が訪ねてこようものなら何事かと警戒する。そういう反応が当たり前の時代だ。弥咲だって、見知らぬ人にチャイムを押されても絶対に玄関を開けなかったし、もう何年も住んでいるこのアパートの住人の名前すらよく知らない。

隣近所の人々との距離は遠くなり、隣人のひととなりさえわからない。だから自分の身は自分で守らなければ。そういう危機意識が人々の間にある。和子たちと過ごした時代とは違う。

でも、全部が全部あの頃と違うわけではないだろう。

互いの間に多少の距離は置いたまま、弥咲は杉江に向かって笑いかけた。

「お隣同士、これからよろしくお願いします。何か困ったことがあったら声をかけてくださいね」

馴れ馴れしいと思われただろうか。令和の時代ではいくらか他人との距離感が狂った発言だったかもしれない。少し不安になったものの、杉江はホッとしたような顔で笑ってくれた。

「こちらこそ、よろしくお願いします」

思ったよりも人懐っこい笑顔だった。笑うと目元に皺が寄って、梶に少し雰囲気が似ている。それを見たら、なんだかいつもと違うふうに心臓が跳ねた。

杉江と別れてアパートの階段を下りながら、弥咲は自身の頬に手の甲を当てる。今日に限ってあまりきちんと化粧をしていなかったな、などと思い、そんなことを考えている自分に苦笑した。

（そう簡単に出会いが転がってるわけもないけどさ）

なんでもかんでも色恋沙汰に結びつけるような恋愛脳の持ち主ではないつもりだったけれど、今日ばかりは話が別だ。和子と梶の大恋愛の顛末を見たばかりなのだから。

パンツのポケットからスマートフォンを取り出して、母から送られてきた写真をもう一度眺める。

結婚して、子供が生まれて、こうして孫を抱くまで寄り添っていた和子と梶。

後悔はない？　幸せだった？　問いかけは届かない。でも、写真の中で和子は笑っている。唇に、優しい色の口紅を乗せて。

「私も普段から口紅くらいは塗るようにしようかな」

呟いてスマートフォンをポケットにしまう。
夏の夕空は、明るいバラ色に染まっていた。

本作品は書き下ろしです。

本作品に関するご意見、ご感想などは
〒101-8405
東京都千代田区神田三崎町2-18-11
二見書房 サラ文庫編集部 まで

今日からお店始めます！
〜昭和の小さな雑貨屋さん〜

2022年 2月 10日 初版発行

著者 青谷真未

発行所 株式会社 二見書房
東京都千代田区神田三崎町2-18-11
電話 03(3515)2311［営業］
03(3515)2314［編集］
振替 00170-4-2639

印刷 株式会社 堀内印刷所
製本 株式会社 村上製本所

落丁・乱丁本はお取り替えいたします。
定価は、カバーに表示してあります。

ISBN978-4-576-22002-4
https://www.futami.co.jp/sala/

二見サラ文庫

恋する弟子の節約術

青谷真未

イラスト＝和遥キナ

幸と不幸が目まぐるしく訪れる体質の文緒。幼き日に出会った「魔法使い」の青年・宗隆と再会し押しかけ弟子となるが、収支は火の車で？